本书编委会

主　编　张勇传　杨叔子　刘伯棠　林　林

副主编　骆艳龄　张端明　杨国清　王景岚　黄志良　龚国珍

编　委（按姓氏拼音排序）

　　龚国珍　黄志良　江天一　李万华　林　林　林桢栋
　　刘伯棠　刘克明　骆艳龄　汤漾平　王景岚　许　贽
　　杨国清　杨叔子　臧春艳　张端明　张勇传

本书作者名单（按姓氏拼音排序）

　　蔡希贤　陈水冰　陈振炎　邓佐云　付　玲　龚国珍
　　侯孝琼　胡月宝　黄季祥　黄　肇　黄志良　江天一
　　蒋宗文　李光斌　李皓阳　李万华　李雪梅　廖湘娟
　　林　林　林奕鸿　刘伯棠　刘克明　刘　洋　刘志澄
　　刘　忠　罗　陶　骆艳龄　马绮飞　梅　湄　聂　瑛
　　潘时德　彭　颖　汤漾平　童树金　王建军　王建勤
　　王景岚　王克明　王琼珍　吴汉榆　谢　勤　徐启智
　　许永年　杨国清　杨希玉　袁朝晖　臧春艳　曾少怀
　　曾佐勋　张端明　张勇传　章望平　赵锦屏　赵文采
　　郑慎德　郑文衡　周荣仙　周　艳　周　震

瑜园诗选（六）

◎ 张勇传 杨叔子 刘伯棠 林林 主编

华中科技大学出版社
http://press.hust.edu.cn
中国·武汉

图书在版编目(CIP)数据

瑜园诗选. 六 / 张勇传等主编. -- 武汉：华中科技大学出版社，2024. 10. -- ISBN 978-7-5772-0752-0

Ⅰ. I227

中国国家版本馆 CIP 数据核字第 20241EZ092 号

瑜园诗选(六)
Yuyuan Shixuan(liu)

张勇传　杨叔子
刘伯棠　林　林　主编

策划编辑：陈培斌　周清涛
责任编辑：余晓亮
封面设计：刘　卉
责任校对：张汇娟
责任监印：周治超

出版发行：华中科技大学出版社(中国·武汉)　　电话：(027)81321913
　　　　　武汉市东湖新技术开发区华工科技园　　邮编：430223
录　　排：华中科技大学惠友文印中心
印　　刷：武汉市籍缘印刷厂
开　　本：880mm×1230mm　1/32
印　　张：6.75　插页：2
字　　数：147 千字
版　　次：2024 年 10 月第 1 版第 1 次印刷
定　　价：48.80 元

本书若有印装质量问题，请向出版社营销中心调换
全国免费服务热线：400-6679-118　竭诚为您服务
版权所有　侵权必究

前　　言

　　两千多年来，中华诗词是中国优秀传统文化中的重要组成部分，更是一颗璀璨明珠。特别是广为传诵的著名诗词，文字简明生动，格调清新，情景交融，富含哲理，音韵优美，节奏鲜明，赋有健心立德、燃情育美、启智创新的强大功力。人们喜闻乐读，具有超时空的永恒魅力。传承和弘扬祖国的优秀传统文化，一直是我党和国家的方针政策，它关系到坚持文化自信、民族自立、国家兴衰的大事。瑜珈诗社自1990年成立以来，依据党的方针政策高举诗教旗帜，积极传承和弘扬中华诗词优秀传统文化。正如我社社长杨叔子院士所讲："文化是民族的基因，国家精神之所在"，"一个国家如果没有科学技术，一打就垮；如果没有文化，不打自垮"。"国魂凝处是诗魂"，更表明诗词在国家文化中的重要地位。杨院士还提出：要让诗词进大学，进中小学，进幼儿园，进街道、乡村。在祖国广袤的大地上掀起传承弘扬中华诗词的热潮。

　　瑜珈诗社在社内积极组织广大社员和诗词爱好者阅读创作诗词，请校外名家来校讲座授课，为诗友们搭建诗词展示交流平台：举办诗词学研班，组稿荐登诗词的纸刊、网刊，出版内部交流诗集《瑜珈诗苑》。并每隔数年遴选一些诗词出版《瑜园诗选》，已出版五集，当前出版的是第六集。此集选收了本社社员及广大师生、校友、校外诗友于五集出版后创作的作品。这段时间正是党的十八大以后，我国在党的领导下积极进行改革开放，建设小康，奔复兴。国民经济飞跃发展，工农业建设日新月异，国防建设力量日益增强，人民生活水平日益提高，中华民族从站起来、富起来，走向强起来。在这个伟大的时代，我社社员和广大诗友心潮澎湃，豪情迸发，以古典诗词曲或现代诗的形式书写出了歌颂我们伟大的党和英雄的人民在改革开放建设中的丰功伟绩，抒发对祖国锦绣山河的热爱和赞美之情，对华中科技大学（简称华中大）七十多年来与国同行，已建设成为"新中国教育事业发展的缩影"，成为国内"双一流"、世界知名的学校而自豪的赞许，以及社交唱和及亲情友情萦怀祝愿的诗篇。我们将这些诗篇选编出版，以助吹时代的进军号角，激励中华儿女不忘初心跟党走，为祖国复兴而奋进，并作为时代的记忆存留青史，亦便于与国内外诗坛相互交流，发挥诗词本能作用，启励后昆。

本书编委会
写于 2022 年 6 月
2024 年 6 月修改

目 录

诗 词 曲

蔡希贤(18)………… 3	刘洋(20)………… 56
陈水冰(5)………… 7	刘志澄(20)………… 61
陈振炎(1)………… 9	刘忠(13)………… 66
邓佐云(14)………… 10	罗陶(4)………… 69
侯孝琼(2)………… 13	骆艳龄(17)………… 70
胡月宝(3)………… 13	马绮飞(3)………… 75
黄季祥(13)………… 14	梅湄(4)………… 76
黄肇(3)………… 17	聂瑛(19)………… 77
黄志良(9)………… 18	潘时德(6)………… 81
江天一(14)………… 21	彭颖(1)………… 82
蒋宗文(9)………… 24	汤漾平(20)………… 83
李光斌(11)………… 26	童树全(3)………… 87
李皓阳(7)………… 29	王建军(5)………… 88
李万华(11)………… 31	王建勤(20)………… 89
李雪梅(1)………… 33	王景岚(20)………… 94
廖湘娟(5)………… 33	王克明(9)………… 100
林林(20)………… 34	王琼珍(2)………… 102
林奕鸿(20)………… 39	吴汉榆(14)………… 102
刘伯棠(20)………… 43	谢勤(10)………… 106
刘克明(17)………… 47	许永年(20)………… 108

杨国清(18)……………113　　赵锦屏(5)……………146
袁朝晖(17)……………118　　赵文采(7)……………147
臧春艳(3)………………125　　郑慎德(20)……………149
曾少怀(11)……………126　　郑文衡(20)……………153
曾佐勋(11)……………128　　周荣仙(12)……………157
张端明(20)……………131　　周艳(13)………………160
张勇传(20)……………138　　周震(17)………………162
章望平(11)……………143

现　代　诗

付玲(1)…………………168　　徐启智(5)………………192
龚国珍(10)……………169　　杨国清(1)………………199
骆艳龄(2)………………180　　杨希玉(5)………………201
谢勤(8)…………………183　　张勇传(5)………………206

诗 词 曲

蔡希贤(18)

七律·庆祝中共十八大召开（平水韵）

喜庆神州话变迁,腾飞建设越千年。
贫穷落后连根拔,济世安邦矢志坚。
举国欢呼迎盛会,全民奋发创新天。
高扬旗帜追宏梦,满目春光万卉鲜。

七律·赞十八届三中全会（平水韵）

全面深吹改革声,中华梦现气恢宏。
信心坚定歌开放,特色鲜明奏远征。
伟业良谋图发展,兴邦治理创文明。
民生增进根基稳,体制更新国运亨。

七律·看电视剧赵氏孤儿案有感（平水韵）

忍气求生十九年,深谋巧计避熬煎。
坚贞为国除奸佞,隐痛抛儿救至贤。
义胆侠肝传后世,精忠信义薄云天。
清贫淡泊怀宏志,舍己为人万古传。

七律·答胡俊杰教授赠诗（步原韵，平水韵）

初见仁兄雅致风,文犀笃慎众心中。
黄沙旧谊情常在,武汉同科喜又逢。
深得芝兰多润泽,岂随蛙鼓自称雄。
诗词初识知微薄,指点关津感肺衷。

七律·赞湖北地区近年来经济建设成就（平水韵）

江天雄气巍峨势，改革风雷起巨波。
三峡飞轮翻巨浪，丹江调水过黄河。
汽车电讯多奇技，农副商游跨峻坡。
全面小康追大梦，振兴华夏谱新歌。

七律·庆祝十二届全国"人大""政协"会召开（平水韵）

春风送暖万千家，两会精神众口夸。
跨越时空谋发展，争抓机遇振中华。
民生最重追宏梦，改革长宜跨骏骅。
共赴征程彰特色，和谐团结放新花。

七律·春节游深圳仙湖风景区（中华新韵）

仙湖莹水映群峰，绿树红花胜彩虹。
点点游帆翻细浪，巍巍佛寺响洪钟。
车如流水穿山道，人似繁星跃太空。
舞技歌喉多旖旎，新春欢乐兴无穷。

七律·幸福天（平水韵）

为结婚五十周年（金婚）纪念而作。

相伴相依年半百，恩深情重命相连。
栽培子女成才俊，激励亲朋效圣贤。
创业同舟争进取，求医问药守前沿。
八旬当庆双飞燕，比翼齐眉幸福天。

七律·中东地区战乱多年有感（平水韵）

万木丛中万里晴，潮流今日向东倾。
苍夷满目悲西域，战火频临苦众生。
世事沧桑多巨变，民心凝聚更关情。
伸张正义全球在，团结坚强赴远征。

七律·纪念中国人民抗日战争胜利七十周年（平水韵）

百年幻梦企吞华，耍尽阴谋种罪瓜。
妄想强权凌弱国，岂知正义胜魔车。
全民奋起除倭寇，多载艰辛现彩霞。
幸福毋忘先烈血，和平深处暗藏鲨。

七律·春日休闲有感（平水韵）

柳绿桃红新一载，家山春色更鲜妍。
休闲坐享尧天福，养老尝思涌水泉。
前辈先贤勤创业，今朝后学竞争先。
振兴华夏全民梦，奋斗艰辛万众肩。

七律·拜读李崇善老人《联墨集》有感（平水韵）

承君厚爱赠华章，诵读三巡兴味长。
铁画银钩循典范，奇联巧对载沧桑。
功夫不负凌云志，鸿爪传神世代彰。
学习深知多启迪，甘当孺子启新航。

注：李老是我的堂姻兄，一般行政干部，退休后自学对联书法，多次获湖北省书法协会大奖，著有《联墨集》。

古风·新时代赞(中华新韵)

跨入新时代,神州气势宏。
领航抒睿智,大梦启长征。
改革清时弊,除贪灭蛀虫。
交流增互利,开放促沟通。
重塑丝绸路,经营国际情。
创新谋发展,实干铸忠诚。
科技攀天际,蛟龙测海程。
工农频建设,商贸畅金融。
高铁惊飞速,雄桥胜彩虹。
图强须进取,超越探巅峰。
万众齐拼力,全民勇竞争。
初心当永驻,砥励向前行。

七律·改革开放四十年感怀(平水韵)

降妖除叛忆当年,风雨神州意志坚。
刚毅邓公怀大智,精诚大众写新篇。
革除积弊彰廉政,开放兴邦勇向前。
四十沧桑惊巨变,满园春色竞争妍。

武汉长江江滩揽胜二首(中华新韵)
七律·其一

万里长江持笑看,钟灵毓秀尽欢颜。
商游掀动全球热,产业峥嵘举世攀。
科技欣荣追横越,精英荟萃创非凡。
挺胸阔步新时代,彰显风华敢占先。

七律·其二

三连天地水,纵揽放豪情。
绿野长空碧,丛花晓日红。
千帆巡四海,九派汇江城。
奋起追宏梦,初心砥砺行。

七律·纪念南昌起义九十周年（平水韵）

南昌烽火起狂飙,举义红旗万里飘。
集合八方忠勇士,掀翻万恶霸王朝。
英雄伟业开新宇,战士雄风上碧霄。
九十沧桑多壮举,振兴华夏赞天骄。

七律·庆祝中华人民共和国成立七十周年（平水韵）

风雷激荡忆春华,地覆天翻跨骏骅。
凋敝民生彰异彩,底层黎庶喜当家。
中兴伟业当肩任,科技巅峰种福瓜。
真谛共和呼欲出,公行大道奋无涯。

陈水冰(5)

七绝·喀什盘橐城（中华通韵）

自有开疆盘橐城,安西万里复安宁。
玉门关外班公老,依旧横戈马上行。

七律·喀纳斯(平水韵)

一年四季偏无夏,图瓦山村过客多。
大野森森三万岭,长云淡淡一千河。
车翻首尾盘陀路,日变阴阳上下坡。
喜见伊犁汗血马,云杉深处在巡逻。

五律·游孝庄园(中华新韵)

路长知地远,草绿觉天低。
古殿藏身处,马鞭指铁骑。
运筹千里策,奠定百年基。
武曌承唐祚,孝庄辅佐奇。

七律·火焰山(平水韵)

天似炼炉山似火,尘灰扑面却无风。
悟空难借芭蕉扇,游客偏来赏窣宫。
谷底潺潺溪水响,佛龛隐隐树阴笼。
只因不怕登高苦,留得林泉一健翁。

七绝·游南社明清古村落(平水韵)

秦淮子弟几时回?谢氏祠堂次第开。
南渡从来无北渡,北方游客尽南来。

陈振炎(1)

七律·不惑赞(中华新韵)

为华中科技大学香港校友会成立四十周年而作。

老青校友①聚香江,四十华辰庆耀煌。
早岁捐资文化赠②,弱冠③修建紫荆行④。
基金筹募扶学子⑤,先进红旗撼会场。
百尺竿头齐发力,弘扬善举乐无疆。

注:①老青校友:老校友代表中老年在香港就业或退休的校友;青校友代表在香港七所大学(香港大学、香港中文大学、香港科技大学、香港理工大学、香港城市大学、香港浸会大学及岭南大学)就读的硕士、博士及做博士后研究的青年校友。

②文化赠:香港校友会在20世纪80年代赠送给母校的图书、科技杂志以及传真机、影印机等。

③弱冠:香港校友会成立后的20年,即1998年。

④修建紫荆行:代表香港校友会捐资39万元人民币扩建校园紫荆路。

⑤扶学子:以奖学金形式,资助就读的硕士、博士及做博士后研究者。

2019年6月23日写于香港

陈振炎,中国香港人,曾为华中科技大学香港校友会会长。

邓佐云(14)

七绝·迎国庆(中华新韵)

一路行来已古稀,国强民富乐康颐。
纵观华夏数千载,今日光阴更爱惜!

七绝·桂香(平水韵)

弥漫清新贯武昌,秋兴绝色沁城香。
丹金未品微通窍,满目轩轩气宇昂。

七绝·秋荷(平水韵)

金风瘦水叹铅华,昨日风流昨日花。
紫气东来驱俗气,深留清白胜青纱!

七绝·园林绿化工(中华新韵)

培红移翠引蜂蝶,锦绣家园志不歇。
泥脑灰头终日乐,奇装巧扮万千别。

古风·保洁员(中华新韵)

欲将日月换新天,一夜又复昨日原!
无树菩提台上镜,念除因果拭尘缘。

七绝·重阳节游昙华林(中华新韵)

老街老巷老城中,人往人来兴致浓。
有谓来寻江汉素?昙华一览旧时风。

五律·过八大关(中华新韵)

青岛八大关为民初建筑,其风格声名令人仰慕。

叫关将百载,何与彼相关!
势劲海山利,铭传宇地间。
苍苍虬老树,点点旧苔斑。
王谢堂前燕,还承旧日欢!

七律·去海阳①途中(中华新韵)

满目青葱酷暑中,清凉画意却领同。
鳌山卫看铺雪浪,丁字湾妆镜面容。
海景楼高凌昊宇,网纹瓜②馨路香浓。
地灵富饶人杰美,山海韵含敦厚风。

注:①海阳:濒海县级市,呈原生态,旅游度假区,青岛东100余公里处。

②网纹瓜:当地特产,味、形同哈密瓜。

七绝·晨练青岛北岭山(中华新韵)

岛城细雨浥轻尘,北岭山间万木欣。
此处本该无暑气,往来全是汗淋人。

五绝·海滨挤浴场(平水韵)

五湖沧海聚,兴为浴场来!
北调南腔语,强身戏水呆。

古风·游武昌龙泉山(中华通韵)

武昌龙泉山葬有汉舞阳侯樊哙、唐江夏王李道宗、明楚王朱桢及其子孙八代九王陵寝。明末张献忠一把火烧得只剩昭王陵寝。陵寝园外幸存的一株六百七十多年婆婆树,暴根如同九龙戏珠,向观众诉说这数百年的沧桑。

雨过风寒冬日间,群峦叠翠别样鲜。
单车一骑赏胜景,双目略视荒冢园。
天马峰前龙脉地,汉唐戚贵枕山眠。
西酋烈焰风尘尽,明胄陵宫烟烛残。
静静冥宫深不语,娑娑婆树诉前缘。
欲登仰止壁坡峭,碎步沿阶喘不前。

古风·赤壁感怀(平水韵)

赤壁矶头江水流,千载遗恨怅悠悠。
书生一介深谋虑,老骥三思一统休。
点将台无烟火色,芙蓉帐暖梦春秋。
石痕莫诉沧桑事,天堑坦途达五洲。

七绝·登赤壁祭风台(平水韵)

连环巧计算曹公,却欠东风助大功!
地晓天知诸葛智,乘机胜敌救江东。

古风·感武汉五大名片(中华通韵)

《人民日报》载文点赞武汉五大名片:长江大桥、中国光谷、东湖绿道、市民之家、五环中心。余读后感叹捉笔。

茫茫九派贯中华,江汉横斜是我家。

大鹤归来今胜昔,桥飞天堑龟蛇跨。
光阴迅速白驹过,甘霖滋润马蹄佳。
东城夜织七仙锦,湖梦蓬瀛几青霞。
市井楚人能重诺,民风彪悍义天涯。
五环强项成翘楚,四海盛传友谊花。
国报发文扬武汉,草根回应可奇葩?

侯孝琼(2)

七绝·《古今诗吟黄鹤楼》诗稿(中华通韵)

鹦鹉晴川气象新,沧桑变尽适风云。
昔人驭鹤青霄去,留得名楼证古今。

临江仙·东湖访梅(词林正韵)

何事莺愁燕懒,连旬冷雨寒风。东君犹自步从容。高斋闲里过,咄咄但书空。　　忽报湖边蕊绽,吹梅笛弄春浓。无妨老眼视朦胧。花开谁不爱,拄杖入芳丛。

胡月宝(3)

七绝·咏雪花(中华新韵)

大地寒凝百卉殚,银花片片舞高天。
随风飘向何方去?各自婀娜俱泰然。

七律·与志良避寒即兴（平水韵）

相携海口避寒游,下榻椰林傍海楼。
细浪清风消世虑,朝霞落日映沙洲。
知交零落堪嗟叹,以沫相濡不用愁。
白发萧萧何所似,悠悠天地两沙鸥。

七绝·清明节与志良游喻家湖（平水韵）

习习春风吹细雨,湖山初霁展新装。
鸟鸣蝶舞花争放,翁媪相携看艳阳。

黄季祥(13)

清平乐·咏梅（词林正韵）

春归新貌,绽放花枝俏。天气清和霞万道,陶醉游人抢照。　蝶戏蜂舞逍遥,奇香异色多娇。姹紫嫣红吐蕊,横斜料峭妖娆。

清平乐·乔迁之喜（词林正韵）

雅居热闹,贺语欢歌俏。吉日乔迁晨光照,美酒佳肴众笑。　瑞气氤氲门庭,运来人旺财生。顺利常年遂愿,和谐鼓瑟鸾鸣。

菩萨蛮·绿窗（中华新韵）

高楼凉月君离去,丝绦曲柳莺无语。亭外草萋萋,远车声渐稀。　门前徒伫立,宿燕回巢憩。惊梦泪双垂,绿窗花盼归。

五绝·华中大校园漫步有感(中华新韵)

翠翠参天树,嘤鸣处处听。
校园常漫步,疑在大山行。

注:华中科技大学绿化覆盖率70%以上,有"森林大学"之称。

七绝·华中大诗词学研班开学(中华新韵)

迟日诗班共促成,学员老少爱诗诚。
名师执教殷殷意,鹤发朱颜满座承。

七绝·华中大诗词学研班结业(中华新韵)

夏日诗班业已成,学员老少喜盈盈。
高歌青眼江涛①意,又是关山②惜别情。

注:①江涛:指在诗词学研班上课的吴江涛老师。
②关山:古乐曲《关山月》;华中科技大学地处关山地区。

七律·贺港珠澳大桥通车(中华新韵)

天阔云闲南海彤,烟波浩瀚跃苍龙。
岛桥接隧双蛟舞,港澳连珠三地通。
礼赞英雄铭宝鼎,震惊世界斧神工。
九年险阻艰难战,科技攻关盖世功。

七律·贺贤侄学业有成(中华新韵)

红日初升鹊闹杨,青阳客至喜如狂。
精心事卫居厅净,巧手躬厨饭菜香。
学业悉成基础厚,硕研答辩绩优良。
侄贤名就杯中庆,奏凯扬帆再远航。

七律 · 恭祝堂兄九十华诞（中华新韵）

播火传薪三九载,秾桃艳李遍华中。
为钦执教殷殷意,因仰培人暖暖情。
傍室九旬神奕奕,同堂四世乐融融。
河山锦绣君长寿,当是黉门不老松。

七律 · 恭祝贵哥八十大寿（中华新韵）

恭喜中秋拜寿星,祝兄岁岁总年轻。
贵宾亲密心相印,哥弟情深财运兴。
八里桂花添瑞彩,十乡挚友送春风。
大筵同乐斟杯庆,寿若南山不老松。

七绝 · 同学情谊永恒（平水韵）

数载寒窗共学时,结缘织梦胜情痴。
回眸半纪重相会,对酒当歌共赋诗。

七律 · 喻家山晨练（中华新韵）

曙光初洒喻山峰,晨练乡翁佛念恭。
小兔悠闲蹲草地,老王匆促摄真容。
昔年造孽残杀事,今日鸣咽悔泪充。
世上众生须善待,互相关爱意犹浓。

七律·祝贺女排夺冠(中华新韵)

祝贺我国女排于2016年8月21日在里约热内卢奥运会上以3∶1战胜塞尔维亚队获得冠军。

里奥之花灿烂开,九州靓女盼夺牌。
嶙峋狭道刚则胜,陡峭山坡退便徊。
荡气回肠峰路转,运筹帷幄帅郎才。
战神十二拼搏苦,傲立潮头领奖台。

黄肇(3)

七律·戊戌年端午(中华新韵)

清江端午问龙舟,渡口空船伴碧流。
故里乡居农事少,徙川赴汉不堪留。
凉城福邸神仙客,雾谷云山隽雅楼。
祛暑修身逢盛世,琼浆肉粽佐足球。

七律·腾龙洞(平水韵)

利川洞府势峥嵘,浩气腾龙见异同。
地造华庭无柱殿,天成阔宇巨梁宫。
土家劲舞歌真爱,五色激光绘彩虹。
瀑布腾江震撼处,中兴盛世万年功。

排律·南海布防（平水韵）

南疆自古炎黄域，利炮轰来匪霸王。
掠抢鲸吞施罪恶，欺凌讹诈逞凶狂。
中华崛起潮流变，南海礁群正义张。
革故鼎新消桎梏，殚精竭虑创辉煌。
神舟筑岛家国事，导弹屯兵卫戍方。
火箭长缨铸锁钥，飞机跑道护驰航。
天成伟业天罡正，地绘宏图地煞忙。
舵稳帆活防故障，狼嚎犬吠亦平常。

黄志良(9)

五绝·夜登黄鹤楼（平水韵）

皓月当空照，长江出峡来。
千秋多俊杰，万里一楼台。

七绝·春游磨山东湖（平水韵）

百亩红桃迎笑靥，一泓碧水荡游船。
芳园柳絮迷骚客，高阁钟声入梵天。

古风·油菜花（平水韵）

不做东篱客，不住帝王家。
为得千斛籽，先开万顷花。
生命须繁衍，不必时人夸。

七律·鸡公山避暑即兴(平水韵)

鸡公山上北街头,避暑逍遥狮子楼。
晓立楼头观日出,夜眠窗畔听泉流。
防空洞里人何在?报晓峰前水自悠。①
万里云涛来复去②,笑谈今古不须忧。

注:①山上有"中正防空洞""美龄舞厅""马歇尔楼"等遗迹。"报晓峰"为鸡公山主要景点,峰前有"月湖"。

②山间雨后云涛万里,放晴后万里无云。

古风·八十打油(中华新韵)

非花非雾非春梦①,两万九千二百天。
少小粗知忧国难,青春矢志着戎鞭。
杏坛混迹称勤勉,艺苑倘伴识苦甜。
万转清川澹如此②,百年常守寸心丹。

注:①见白居易《花非花》诗。

②见王维《青溪》诗:"……随山将万转,趣途无百里。……我心素已闲,清川澹如此。……"

七律·雾霾中登黄鹤楼(平水韵)

登楼一望眼迷茫,广厦依稀拥大江。
历历晴川浑不见,萋萋芳草觅无方。
白云有憾飘他国,黄鹤无心返故乡。
但得明朝天宇净,白云黄鹤自翱翔。

古风·访钟子期墓感怀

松筠掩映一抔土,碑文道是子期墓。
子期本是一樵人,驻足聆听伯牙琴。
"高山流水"有知音,从此琴声更清纯。
天不假年子期殁,瑶琴拍碎伯牙哭。
心声绝响天地哀,子期泉下弥孤独。
山自高高水自流,"高山流水"无觅处。
吁嗟乎!山自高高水自流,"高山流水"无觅处。

五律·访陈昌浩墓①(平水韵)

有志为人杰,无方卜死生。
龙蛇同起舞,王寇各留名。
成败何须论,是非可任评。
青青岗上树,默默看云行。

注:①陈昌浩(1906—1967年),其故居和墓地在武汉市蔡甸区,他曾是红四方面军"总政委",手下的许多指挥员以至连排长,后成为开国元帅和将领。"文革"时期身亡,1980年平反。其墓为故乡人所建之"衣冠冢"。

古风·西塞山行①

应西塞山诗社之邀,与瑜珈诗社诗友及学生往西塞山一游,归而写此。

幼读《渔歌子》,神交西塞山。
山青飞白鹭,桃红映碧川。
山川美如此,能不印心田?
愿为蓑笠翁,渔乐在其间。

忽成八旬叟,鹤发映童颜。
今日复何日?岁在甲午年。
端阳前二日,不晴不雨天。
诗友偕学友,同登此山巅。
名山不在高,气势卓不凡。
山势如涌出,突兀大江边。
俯瞰长江水,宛若玉龙蟠。
极目寻白鹭,但见冉冉烟。
奈何雾霾重,老眼看难穿。
兴尽下山去,夹道草木繁。
可惜花期过,未见桃色妍。
主人设酒宴,鱼肉蔬果鲜。
十觞亦不醉,谈笑尽余欢。
此行实不虚,了却儿时缘。
说了似未了,欲辨又茫然。

注:①西塞山在黄石市长江南岸,山北侧有桃花古洞,传说是唐诗人张志和隐居和垂钓避雨之处。又说《渔歌子》中的西塞山在浙江省湖州市吴兴区。

江天一(14)

鹧鸪天·十八大新常委亮相(中华新韵)

亮相英姿聆玉音,一声久等感温馨。殷殷阐述中国梦,事事关怀黎庶心。　　严治党,广亲民,倡廉反腐正官身。清风一缕新元启,祈愿长流代代存。

七绝·十九大感言(平水韵)

一

盛会华章伴桂香,宏图绘出丽年强。
老夫幸进新时代,不枉今生走一场。

二

风正帆扬再启航,波涛难阻奔康庄。
老夫虽暮尚能饭,安可悠闲渡夕阳。

七绝·喻园春(平水韵)

一

明媚春光照舍台,书声琴韵伴良材。
寻芳曲径斜枝处,一股清香扑鼻来。

二

绿染簧楼少腐埃,东风细语共兰台。
喻家湖水清如许,自是源头活水来。

七绝·喻园情(平水韵)

一

丽日和风被九垓,生机勃勃杏坛回。
喻家湖畔竞春色,更有鸿儒联袂来。

二

送暖东风簧苑来,繁花桃李尽情开。
喻家山麓美如许,俱是师生共剪裁。

鹧鸪天·贵州行（词林正韵）

一路秋风到贵阳，西江七孔好风光。舞阳河畔寻陈迹，十字街头忆旧殇。　　驱日寇，建新邦，中华民族又辉煌。历经磨难多回首，奋发图强奔小康。

七绝·贵州千户苗寨印象（平水韵）

多彩苗乡撩面纱，田梯坡陡吊楼斜。
新街旧巷寻真意，一路行来满眼花。

排律·抗日名将戴安澜赞（中华新韵）

少有凌云志，更名曰安澜。
投笔从戎校，黄埔期第三。
浴血抗日寇，饮誉昆仑关。
孤军守同古，声威震外番。
突遭风云变，马革裹尸还。
光荣为国死，正气感苍天。
滚滚东逝水，处处有青山。
大哉民族义，中华一脉传。

七律·国庆感言（中华新韵）

天翻地覆启新元，斗转星移七十年。
幸运今生逢盛世，甘将热血献簧园。
冷观世界风云变，却喜江山磐石坚。
勠力同心双百载，梦圆华夏荐轩辕。

五律·登好望角顶有感（中华新韵）

登台望两洋，浩瀚震胸膛。
沧海难穷目，狂涛易覆航。
殖民虽已矣，霸道却猖狂。
纵览人间史，强权必定亡。

七律·船游尼亚加拉大瀑布（中华新韵）

马蹄一脚踏成潭，飞瀑凌空掀巨澜。
万担珠玑自天落，千名游客叫声欢。
翻江卷起堆堆雪，倒海泼出阵阵烟。
云雾迷濛如幻境，雷鸣震醒是人间。

七律·乌斯怀亚①小城（中华新韵）

小城秀立最南端，雪岭娇阳景色寒。
寂寂碧波鸣翠鸟，萋萋芳草沁胸田。
风情今古归童话，市井时新忆旧篇。
有幸此生来火地，顽心聊慰耄耋年。

注：①乌斯怀亚：阿根廷最南端火地岛的首府。

蒋宗文(9)

七律·甲午风云祭（平水韵）

风云甲午忆狼烟，忍辱神州百廿年。
战舰沉沙天叹泣，英魂卧海浪鸣咽。
藏奸购岛施迷雾，拜鬼招幡妄逆旋。
任尔倭癫魔法尽，醒狮高举镇妖鞭。

七律·游山海关老龙头有感(中华新韵)

长城是中国龙的象征。登上山海关,观景老龙头,深为万里长城这一中国历史上捍域保疆的伟大创举而赞叹!

山海雄关第一楼,烽烟岁月固金瓯。
龙头浴海搏激浪,身尾依山计远谋。
万里长城腾万里,千秋史业耀千秋。
秦皇魏武挥鞭①去,换了人间②倡旅游。

注:①、② 引自毛泽东《浪淘沙·北戴河》句。

七律·八十自寿(中华新韵)

韶华似梦老来临,岁补蹉跎八秩春。
求索杏坛尝苦悦,时临要域识艰辛。
闲萌艺海诗书画,旁悟太极精气神。
有幸妻贤儿女孝,格添四代乐天伦。

五古·黄鹤楼(中华新韵)

三镇两江汇,楚风汉韵悠。
白云黄鹤舞,自古一名楼。

七古·己亥春节随想(中华新韵)

今载巧逢岁亦春,金猪纳福喜来临。
九州同贺古稀庆,人寿年丰国鼎新。

菩萨蛮·一带一路赞(词林正韵)

丝绸古道名天下,今连高铁欧非亚。广袤物丰仓,扬帆各所长。　亚投行壮举,恐后争相与。度势亮新招,心潮逐浪高。

浪淘沙·中国书法浅识（词林正韵）

汉字世无双,律韵悠扬。全凭黑白奏华章。篆隶楷行今古草,流畅端庄。　　墨妙笔精良,筋骨柔刚。中锋使转任圆方。干湿淡浓枯且润,五彩芬芳。

忆江南·神农架（中华新韵）

神农架,林海莽葱濛。生态传承沿亘古,不明脚印现深丛。科考野人踪。

浪淘沙·访岳阳楼（词林正韵）

兴访岳阳楼,后乐先忧。范翁题赋在前头。先哲遗言天下事,国梦今谋。　　春满岳阳楼,紫燕啾啾。风和水暖洞庭舟。人杰物华潇湘地,瑰丽神州。

李光斌(11)

沁园春·改革开放四十年（词林正韵）

七八惊雷,响彻神州,梦醒运筹。看海疆沿岸,厂房遍地;山原上下,创业洪流。彩绘江山,精雕域内,亿众齐心任汗流。从兹后,喜中华崛起,盛世开头。　　曾经觅梦悠悠,令世界人民竞索求。看加新澳日,遥观丝路;英德法意,可共宏谋。①一代豪强,结帮乱世,恶怼中俄晃敌仇。大同路,五洲同富裕,"带路"同舟。②

注：①加新澳日、英德法意分别指美国盟友加拿大、新西兰、澳大利亚、日本、英国、德国、法国和意大利。②"带路"：中国提出的"一带一路"世界经济合作发展平台。

七律·长江颂（平水韵）

苍天大任母亲河，阅尽人间苦难磨。
雪岭高原流碧水，春潮夏汛震天波。
无穷泉水千川汇，有限资源万众呵。
永颂长江施乳汁，常吟慈母厚恩多。

七律·南水北调（平水韵）

北调汉江甜美水，遍流豫冀济京津。
甘泉解渴黎民喜，涩水难咽旧日询。
臭汗淋漓双奋臂，碧波荡漾四时春。
江河改道千秋业，唤雨呼风正为民。

七古·悼念周恩来逝世四十周年（平水韵）

少年誓立救国志，奔走东西识远谋。
创建红军抒大略，周旋外事有刚柔。
沉疴重负诚为党，尽瘁躬亲壮志酬。
生是国梁死是圣，流芳百世沁心头。

七律·香港特区（中华新韵）

明珠灿烂照南海，购物天堂人浪挨。
西界富豪强掠地，东方乐土庆归怀。
昔时儿女思亲久，今日紫荆伴梦开。
拥抱母亲诚喜事，湾区阔步走前排。

七古·湛江湖光岩（平水韵）

悬壁石山垣绕抱，自然雕塑锦山坡。
层岩显刻惊天句，玛珥①欣陈动地歌。
水面全无漂弃物，园湖素静漾清波。
将军绿道荫游客，怪树奇湖震撼多。

注：①玛珥：指湛江湖光岩园内的平原火山湖，湖深400多米，湖面积2.3平方公里，不管旱季涝季湖面都保持水位不变。

七律·广东镇隆古县城（中华新韵）

卅座书堂①颂典经，花灯巡舞振和平。
行宫草木荫幽径，冼庙②碑亭诉战情。
铁腕扬威平三桂，温泉吐雾沐安宁。
悠悠古镇生机现，粤果田园美景呈。

注：①卅座书堂指以姓氏命名的三十多个书院。
②冼将军为平定吴三桂叛乱立过战功，镇隆古城保留有完好的行宫，诉说当时的战争故事。

七古·港珠澳大桥（中华新韵）

一桥飞架伶仃洋，最大湾区名远扬。
冠世沉箱隧道美，惊天技术彩虹煌。
国家战略闯新路，经济腾飞新业昌。
独创跨洋桥盖世，大国工匠谱华章。

七律·东湖绿道春晓（平水韵）

暖日春风起浪波，晨曦百鸟舞穿梭。
湖堤烟柳邀山影，栈道桃樱傍翠荷。

四海宾朋盈笑语,一船旅伴纵欢歌。
东湖胜景盛妆出,天下游人爱慕多。

五古·深山兰花(中华新韵)

伴生杂树丛,长在隙缝中。
弱体不言弃,无人也艳容。
品洁称君子,色淡溢香浓。
自古文人爱,兰花世代崇。

临江仙·木兰湖玫瑰园(词林正韵)

玫瑰栽培多艳色①,木兰湖畔飘红。树玫②硕大似球容。芳姿春晓贵,花后四时茏。 颜面情书心事重,此花寓意无穷。传情花朵恋人逢。鲜花宜药膳,老者也追崇。

注:①玫瑰花的不同颜色含有不同的情感意义:红色表示爱着你、热恋;粉红色表示爱的宣言或初恋。
②树玫:一种树玫瑰花,其树干直径有七八厘米粗,在树高一米多处修理成半球形,每株有二三十朵花。

李皓阳(7)

鹊桥仙·七夕前夜(词林正韵)

凌霄妩媚,合欢娇慧,百尺素馨憔悴。牛郎明日会相思,众喜鹊,把心操碎。 长灯诡魅,月光成对,旧梦迟迟难睡。轻舟未过万重山,有所念,谁人与醉。

鹧鸪天·桂花（中华新韵）

似是秋来百木凄,桂香暗暗送戚戚。阶边碧玉鹅黄点,山下梧桐落叶齐。　　云淡淡,月怯怯,遥闻嗅木南山樨。若非吴质伐丹桂,何苦嫦娥念人息。

鹧鸪天·步韵李安（平水韵）

没事青年何必愁,夫如遥望水东流。汀洲芷若浮鸥鹭,云向江船问晚秋。　　心未遂,志焉休,荆江九曲不淹留。寒窗十载成羁旅,岂为秋心作楚囚？

五绝·又遇乡音店家（平水韵）

丹桂香迷月,秋枫赤没林。
谁家沽楚韵,我欲买乡音。

七绝·岁末（平水韵）

红绸黄锦艳流光,青瓦丹墙腊味香。
酒宴欢歌心暖暖,家家户户乐安康。

七古·"8·15"纪念日本投降（中华新韵）

四万万人齐落泪,寇屠宁沪染淮江。
燎原星火联抗战,幸有余生祭国殇。

七绝·山火（中华新韵）

无名烈火梃西南,可恨金江洗断山。
鬼判但怜扑火客,来生莫遣祝融关。

李万华(11)

七绝·武当山观日出(平水韵)

疾登金顶寻观处,极目天边涌激情。
凭柱扶栏忙照日,云烟游动绕身行。

七绝·乡村美(平水韵)

春花秋果美如诗,田野梨桃压矮枝。
何景能将游客醉,恰逢红叶好观时。

七绝·华山青松(平水韵)

青松屹立华山巅,扎入岩中上顶天。
骤雨狂风平淡事,身躯劲挺伴云烟。

七绝·鄂西山路(平水韵)

万丈群峰入浩天,我将五指拂云烟。
河弯路险车中坐,未敢抬头看外边。

七绝·风雨彩虹(平水韵)

风吹湖面微澜起,雨打堤枝叶更鲜。
湿鸟相依沙上立,彩虹悬挂后山边。

七绝·东湖观日出(平水韵)

朝上堤边观景台,遥瞻旭日水天来。
霞光映照随波涌,湖上微风逐雾开。

七绝·春游绿道（平水韵）

清幽绿道沐春天，叶翠花红满眼鲜。
沿路鸟鸣音乐美，归舟水漾系湖边。

七绝·游孔城古镇（平水韵）

窄巷阳光一线天，沧桑老镇越千年。
绕行古井低头看，疲惫寻阴歇路边。

五绝·赏景（平水韵）

隔堤观倒影，绿叶露珠沉。
漫步来幽径，寻竿试水深。

七律·国庆抒怀（平水韵）

屈指光阴七十年，人民作主史空前。
每逢国庆欢声语，总在心中忆圣贤。
无数英雄挥热血，久存浩气照高天。
如今各族皆和睦，创业安居后胜先。

七绝·时光（平水韵）

秋去冬来枝弃绿，寒风冷雨草迟黄。
四时更替无休止，人寿年丰岁月长。

李雪梅(1)

七绝·初游黄州赤壁(平水韵)

一尺红妆千尺柳,西风吹梦落南楼。
矶头倚杖非新客,还识江山似旧不?

廖湘娟(5)

七绝·春雨(平水韵)

晓起微寒未理妆,西窗独倚感春光。
东风一夜丝丝雨,润物无声泥土香。

七绝·暮春(平水韵)

黄莺声老蝶魂愁,虚掩窗帘小阁幽。
飞絮有情萦曲槛,落花无力阻春留。

古风·秋夜听雨有感(平水韵)

秋雨夜未消,独处倍寂寥。
有感难成寐,何奈雨打蕉。
转身琴边坐,轻奏自逍遥。

古风·冬(平水韵)

黄花开谢久,落叶陌上残。
北风吹劲竹,云雾锁山峦。

室暖书琴伴,窗外景物寒。
红梅刚绽放,待日雪中看。

七绝·思念(中华新韵)

夫君驾鹤西归去,心系寒鸦落旱藤。
遥望苍穹如雨泪,离伊长恨水长东。

林林(20)

排律·百载春秋伟业丰(平水韵)

为中国共产党成立一百周年而作。

百载春秋伟业丰,东方巨杰立苍穹。
扬帆红舸迎狂浪,起义南昌战恶风。
万里长征天下壮,驱驰倭寇世间雄。
蒋家王国山倾倒,旭日初升贯彩虹。
火车电掣时时达,北斗巡航处处通。
桂魄飞天登月殿,蛟龙潜海探虬宫。
攻坚脱困黎民乐,地覆天翻万代红。
似锦繁花华夏秀,山青水绿艳阳中。

沁园春·花(词林正韵)

冬尽春归,大地复苏,群英芬芳。看郁金吐蕊,酥瓜馥郁,迎春似瀑,樱朵如霜。蜀锦娇柔,耐冬绽放,敢与虹

霞争美妆。须时日,待杜鹃啼血,染遍山乡。　　牡丹国色天香。惜粉黛,黯然失锦裳。叹姚黄魏紫,略输清雅,二乔豆绿,稍过张扬。更喜银栀,坚强永固,守候终身爱久长。论当下,数风流人物,医护荣光。

江城梅花引·红梅精神（词林正韵）

满园红粉又盈门。暗香熏,沁香熏。阡陌庭园,兀自独芳尊。雪满玉腮霜刻骨,冷艳绝,玉肌芬,虬影真。

报春。报春。喜相闻。天使淳。祛疫瘟。砥砺奋进,着战甲、扭转乾坤。铁骨柔情,护患者躬身。玉洁冰清疏影劲,人赞颂,比梅花,俏几分。

减字木兰花·腊梅风骨（词林正韵）

为纪念周恩来总理逝世四十五周年而作。

疏枝横叠,玉色帛丝羞笑靥。无意争春,独傲冰霜立雪尘。　　孤芳超逸,休与百花攀秀色。馥郁清新,一段芬芳胜蜜醇。

解语花·上元夜（词林正韵）

风轻雨住,渐散氤氲,银烛花灯炫。旆旗绚烂。上元夜,灯照佳人温婉。龙腾壮汉。猜灯谜、万民忘返。千户欢,月皎人圆,玉液香家宴。　　昔夜人民会馆,奖扶贫模范。攻坚头雁。世人称赞。共余裕,实现全民夙愿。繁花灿焕。举世见,东方璀璨。展未来,华夏中兴,绮梦终圆满。

蝶恋花·望乡（词林正韵）

梦醒焉知平旦露。移幕凭栏，春色斜穿户。杨柳依依樱似雾，桃之灼灼梨如素。　　杜宇声催人返去。无奈冠魔，阻遏天涯路。试问归期都几许？待之菡萏香华府。

渔家傲·端午祭（词林正韵）

七宿苍龙中天动，炎黄儿女龙星奉。香馥雄黄觞觯捧，菖艾弄，中华文化相传颂。　　千户彩丝缠角粽，万舟竞发波涛涌。《天问》《离骚》今尤诵。爱国梦，神州代代同君共。

卜算子·献给第三十六个教师节（词林正韵）

拂面和煦柔，润物无声细。学为人师雅韵传，沥血培桃李。　　甘当明炬燃，不坠青云志。世范行为道义播，玉树芝兰丽。

鹧鸪天·荷香醉晚亭（词林正韵）

翠翠荷蓬婀娜姿，亭亭玉立粉绡衣。嘤嘤蜂蝶偎心吻，绛绛鱼儿拨绿漪。　　翘檐榭，水中栖。圆圆莲叶曲弯蹊。垂垂杨柳堤边抚，淡淡青烟池里依。

太常引·中秋怀父（词林正韵）

今宵飞镜照无眠，桂魄舞翩跹，吴子玉浆筵。欲把酒，蟾宫邈轩。　　犹怀旧日，潘安颜貌，子建俊才贤，仁爱趣谐全。将欢聚，虚无现焉。

七律·重阳赏菊（平水韵）

九九重阳晚菊鲜，红黄紫粉映霞天。
虹衣蝴蝶琼花舞，长喙鹰蛾玉蕊颠。
金盏方知居冻雪，老身安得废穷年。
举炊烹饮时时乐，作赋吟诗日日仙。

虞美人·感残荷（词林正韵）

风凋玉树晨曦晓。秋露侵芳草。平湖漫步水烟茫。点点蓬残荷败、独悲凉。　　粉妆绿盖今何在，冰洁谁人解？翠华消尽杳无留，野渡船横楫倒、影儿幽。

七绝·冬游落雁岛（平水韵）

如黛远山如淡墨，琼林袅娜舞仙娥。
轻舟歌婉金樽满，大雪无踪水漾波。

浣溪沙·黄山观雪（词林正韵）

缥缈轻纱雪霁天，仙山绰约海云连。银装琼阁玉琅轩。　　莫道蓬莱终未见，生花梦笔众仙还。宛然天上在人间。

忆江南·黄山美（词林正韵）

一

黄山美，最忆是仙瞻：缭绕云烟青似白，层霄丛岫黛如蓝，天阙令人酣。

二

黄山美,再忆乃奇松:迎客绝崖云际立,松涛苍劲势如龙,虬影映曦红。

三

黄山美,三忆怪山岩:梦笔生花东海砥,石猴观海月宫檐,几幸遇仙凡。

四

黄山美,四忆日初升:破晓东方呈姹艳,仙山灯影薄纱腾,焉耳借箫笙。

五律 · 腊八大寒重(平水韵)

腊八神灵祭,祯祥琢疫虫。
斯民烹七宝,盛世佑新年。
梅萼枝头密,兰芽树底蓬。
苦寒终极处,春至雪消融。

一剪梅 · 立春(词林正韵)

一苑寒梅竞笑妍,白梅迎年,红粉迎年。一池春水漾轻烟,鸳鸯翩跹,鸥鹭翩跹。　　一翼雅亭隐树间,歌也飘旋,乐也飘旋。一群稚子放风鸢,蝴蝶飞天,燕子飞天。

林奕鸿(20)

七绝·喜庆十九大（中华新韵）

一

华夏金秋多喜事，京城齐聚众英贤。
复兴圆梦谋新略，一展蓝图震宇寰。

二

高瞻远瞩引航向，反腐倡廉禹甸坚。
社会和谐基石固，龙翔凤翥梦能圆。

三

不忘初心创伟业，浪尖风口立潮头。
奋蹄老骥献余热，定要神州傲五洲。

七古·看《将改革进行到底》十集纪录片组诗（平水韵）

一

屈辱中华几百载，老狼小狗沓来欺。
贫穷挨打无人助，吞泪含羞到几时？

二

"十集"见证新时代，守旧必衰焉可忘。
改革征途多险阻，高瞻远瞩定扬航。

三

遵新必盛史之鉴,不墨成规定克艰。
气正风清民喜乐,科工跨越换新颜。

四

"五通""带路"凯歌奏①,大国担当勇向前。
腾跃巨龙惊四海,创新驱动梦能圆。

注:①"五通":政策沟通、设施联通、贸易畅通、资金融通、民生相通。"带路":一带一路。

浪淘沙令·南海阅兵(词林正韵)

南海聚雄兵。气势恢宏。舰船驰骋列纵横。航母潜艇歼击机,构造长城。　天海协同行。为国强拼,战鹰呼啸虎狼惊。漫道雄关从此越,勇跨新程。

鹧鸪天·喜看华科无人船艇试航(词林正韵)

2018年,在东莞参加广东华中科技大学工业技术研究院自行研制的多艘无人船艇航行试验,取得成功后有感而作。

"五自"①船舶有奇功。智能科技显威风。不需人驾自游弋,恰似蛟龙戏水中。　大数据,互跟踪。协同信息网联通。"三无"装备②霞光照,工院攻关气势雄。

注:①"五自":自主规划航行,自主环境感知,自主定位,自主协同跟踪,自主绕碍。
②"三无"装备:无人驾驶的飞机、船艇、汽车。

七古·读政府工作报告(中华新韵)

五载辛劳承重任,国强民乐立功勋。
严惩腐败振纲纪,整饬规则万象新。

科技兴邦凌云志,创新发展小康奔。
注重生态千山绿,精准扶贫报福音。

七绝·登厦门胡里山炮台(平水韵)

炮台遗迹今犹在,昔日烽烟现眼前。
雪耻必先强国力,痛歼狼狗梦能圆。

七绝·祝孙儿女大学毕业(平水韵)

一

四年勤读增才志,海阔天空自在鸣。
德薄无邻难有进,学而知义在于行。

二

莫愁前面崎岖路,励志争先霓彩生。
锦瑟年华当不负,扬鞭跃马奋前程。

七绝·新加坡金沙酒店室外无边际游泳池(平水韵)

一

泳池建在高空上,百仞之长似少边。
伸手离天不满尺,金沙美景在身前。

二

天涯宾客水中乐,拍照留颜竞秀妍。
如絮白云头上过,悠闲自得躺椅眠。

七绝·新加坡金沙酒店露天观景台(平水韵)

一

悬挂平台高百丈,玻璃透亮作围栏。
身边云雾瞬千变,如在巅崖心胆寒。

二

俯视金湾波荡漾,狮城美景令人叹。
遥望南海涛汹涌,哪怕豺狼生事端。

七绝·夜游"红灯码头"①(平水韵)

一

昔时野渡换新颜,千百酒家萦岸边。
无柱遮栏显宽阔,霓灯闪烁不归眠。

二

游轮丝管随风袅,天下佳人竞秀妍。
美食繁多材各异,闲谈品酒赛神仙。

注:①"红灯码头":是新加坡令人怀旧的历史古迹。20世纪30年代,祖辈"从唐山到南洋",在茫茫大海中飘荡七天七夜,最终在此登岸。今日,宽阔的"红灯码头",餐馆林立,完全没有柱子遮挡,一望辽阔,有歌台,艺人在弹奏音乐,多怀旧歌曲,各种美食应有尽有,任你挑选。

七古·游扬州瘦西湖(平水韵)

妩媚多姿春画卷,岸边桃柳竞争妍。
钓鱼台上赏佳景,碧水虹桥也缠绵。

刘伯棠(20)

古风·咏桂林独秀峰(中华新韵)

平地一峰起,独秀刺青天。
云霞依萦绕,星月似比肩。
漓江浮倩影,众山伴红颜。
明灯悬一盏,光照桂林间。

古风·游桂林五湖(平水韵)

一城秀色名天下,五湖艳丽更堪夸。
城含碧水清如许,湖映琼楼耀紫霞。
水曲潆洄城内绕,桥横拱曲岸边跏。
亭招华舫轻盈过,景醉游人不思家。

古风·咏乌镇(中华新韵)

平川碧绿画楼深,既是城阙又是村。
茂林修竹车盈路,流水人家客满门。
山珍特产丰任购,海味佳肴尽盈盆。
国际盛会歌一曲,美名聊发五洲春。

七律·西湖咏怀(中华新韵)

湖光潋滟气蒸腾,影映物华似翠屏。
画舫笙歌人尽乐,闻莺柳浪鸟同鸣。
塔陵悲怨归神梦,岳冢精忠启后生。
吴宋豪奢成往事,今朝形胜世人惊。

七律·参观洪湖革命圣地感怀（中华新韵）

丰仓浩渺奕洪湖，世事沧桑成泪珠。
浴血红旗高义举，腥风号角恶疾除。
洪波耀日千帆竞，地动欢歌百景殊。
幸喜为民精神在，鸿图追梦乐康舒。

七绝·瞻烈士陵园（平水韵）

漫步陵园气凛然，高歌吟韵悼先贤。
英灵烈士欢天笑，民富国强敌胆寒。

七律·中共十九大政治局七常委考察上海、嘉兴并瞻仰一大会址（中华新韵）

轻驾考察觅党魂，重开新纪忆初心。
浮雕细数英雄谱，岁月金辉浪里寻。
国倡大同赢世界，民步小康启复兴。
红船浩气今犹在，世代弘扬育后昆。

念奴娇·长江咏怀（词林正韵）

滔滔扬子，似虬龙奔挟，云山冰雪。涌劈悬崖涛折泄，撞楚湘闯吴越。波载飞舟，沃浇原野，吐哺情欹切。时尤横溢，论功何以评说?！　　今已日换新天，壁陈西岭，漾平湖春月。水电金光暄禹甸，襄润清流北渴。丽景沿途，名楼岸渚，城廓明珠结。畅流清水，飨予地灵人杰。

七绝·机场送别（中华新韵）

步上机楼重秒分，翩翩银燕咏涡轮。
轰鸣瞬逝声翕远，影尽长天泪满襟。

七律·立夏（平水韵）

坐地巡天又一周，清和入夏兴悠悠。
殷红渐远春艳去，翠绿隆阴热浪稠。
水满田畴青帐漫，渔休港静锦鳞游。
子规何必因啼血，守律春风自再讴。

定风波·纪念红军长征胜利八十周年（词林正韵）

星火井冈正燎原，红旗漫卷虏营残。战地红军声骤偃。转战！长征战略步艰难。　　血战湘江思路线，众谏。再推舵手领航船。妙点神兵操胜券，永隽，精神韬略曜人寰。

七绝·春到山村（平水韵）

哥驾铁牛妹采茶，乡村四月正繁华。
斜阳溪畔人偷觑，倩影春心作浪花。

七绝·举办诗词学研班感怀（平水韵）

奉吴江涛教授赠诗承原玉敬和一首，谨以自叙并共勉。

老树新芽效劲松，杏坛藜照乐从容。
鹏程岂问风和雨，矢志神州醒巨龙。

七律·悼科技英雄黄群(中华新韵)

华工立雪树英才,孝悌精忠入壮怀。
业处艰辛痴不改,核潜专究创先陔。
飓风骤袭掀臁浪,勇救濒危试验台。
斗尽惊涛成果在,忠魂化作海花开。

采桑子·庆改革开放四十周年(词林正韵)

一

观今鉴古心渐涌,醒也融融,睡也融融,彤日神州春意浓。　　奠基卅载情关重,富不忘穷,贵不贪功,玉宇基实耸昊空。

二

改革开放四十载,物阜和衷,福祉重重,喜醉开心尽壶中。　　私开魔库忘魑魍,贪腐穷凶,贿赂横冲,正本清源大纛红。

七律·访江夏小朱湾抒怀(中华新韵)

村落名珠傍水营,新楼古色富诗情。
花丛曲径蜂蝶舞,绿树蓝天百鸟鸣。
柳岸虹桥寻小憩,池塘碧水赏蛙声。
游人摄像频频举,纪现沧桑七十春。

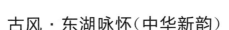

古风·东湖咏怀（中华新韵）

碧水蓝天一色鲜，环岸春华鸟语喧。
行吟阁里骚韵起，楚天台上楚音传。
白云千载情尤在，玉笛新曲鹤归还。
细察朱碑亭上韵，两湖胜景正比肩。

七绝·观麻城龟峰山杜鹃花有感（中华新韵）

十里嫣红气势豪，杜鹃朵朵分娇娆。
似今再助春潮涌，英烈黄麻晒战袍。

七律·庆咏新中国成立七十周年（中华新韵）

阵阵东风万物生，七旬嬗变世人惊。
西江石壁截云雨，东海艨艟破虏营。
银燕穿空驰万里，方舟航宇揽千星。
国强民富澄思绪，不忘初心启复兴。

刘克明(17)

七律·题华中科技大学五四演讲大赛（平水韵）

2010年端午后一日，华中科技大学举行五四演讲大赛，余荷邀参加，并忝为评委，感诸生言辞晓畅，慷慨激昂，大器可成，赋此以应。

新竹初荷映曙光，也将蒲酒度端阳。
欣看遍地栽桃李，更见群才聚海洋。
敢有壮怀涵宇宙，来从星汉写文章。
论今讲古凝神处，应是迎风共一香。

七律·为华中科技大学中国文化系列专题课程题此(平水韵)

2016年11月中旬,余于华中科技大学讲授的"中国文化系列专题""中国科技史""中国书法""篆刻与书法创作"诸课程,进入教学交流阶段,感此,赋七律一首抒怀。

  湖畔层楼胜渚宫,昔年敦学语匆匆。
  宏图卜筑循周礼①,哲匠班垂见楚风。
  举眼群芳骈绿紫,喻家山带夕阳红。
  百川到海泥沙俱,江汉归海②只向东。

注:①卜筑:择地筑屋。周礼:《周礼·考工记》专论建设城邑的求水平、定方位的测量问题,提出了利用水准及太阳与地球的关系找水平、定方位。

  ②江汉归海:《尚书·禹贡》有"江汉朝宗于海",即江汉汇流,朝宗归海。

七律·为"中国学术思想史丛书"之《中国技术思想史》题此(平水韵)

《中国技术思想史》为南京大学中国思想家研究中心编撰的"中国学术思想史丛书"之一,在主编蒋广学先生的指导下,余担任此书的写作;经数年努力,于戊戌初夏完成初稿,赋七律一首,以记其盛。

  河滨①应见古人风,釜甑还争造化功。
  历代匠师尊大德,周官六职重良工②。
  神州几度沧桑事,创物千年道艺隆。
  史记舜陶今亦在,常教华夏岁时丰。

注:①河滨:《史记·五帝本纪》载:"舜耕历山,历山之人皆让畔;渔雷泽,雷泽之人皆让居;陶河滨,河滨器皆不苦窳。一年而

所居成聚,二年成邑,三年成都。"

②《周礼·考工记》:"国有六职,百工与居一焉……审曲面埶,以饬五材,以辨民器,谓之百工……知者创物,巧者述之守之,世谓之工……天有时,地有气,材有美,工有巧,合此四者,然后可以为良。"

七律·祝"中华民族共同体意识的现象学研究"申报社科基金成功(平水韵)

2018年7月10日,华中科技大学谢劲松博士①来电,告知我校"中华民族共同体意识的现象学研究"申报社科基金,取得成功,赋七律一首,以记其盛。

　　理工文史两相融,禹寸陶分②励始终。
　　是乃真金不惧火,作文知道始为工。
　　岂惟壮志凌苍兕,敢将精诚贯白虹③。
　　一自兰台④传号角,楚天正好试长弓。

注:①谢劲松时为华中科技大学马克思主义学院副教授,湖北美学学会理事,在职攻读武汉大学哲学学院博士研究生。

②"禹寸":是说大禹珍惜每一寸光阴。《游南子》谓:"大圣大责尺璧,而重寸之阴。"陶分:指学者陶侃珍惜每一分时光。他说过:"大禹圣者,乃惜寸阴,至于众人,当惜分阴。"

③精诚贯白虹:唐代骆宾王五言诗《边城落日》中有"壮志凌苍兕,精诚贯白虹"之句。

④兰台:指兰台宫。《文选·宋玉〈风赋〉序》:"楚襄王游于兰台之宫,宋玉、景差侍。"刘勰《文心雕龙·时序》:"唯齐楚两国,颇有文学,齐开庄衢之第,楚广兰台之宫……屈平联藻于日月,宋玉交彩于风云。"

七律·读张良皋新著《曹雪芹佚诗辨》① 感赋(中华新韵)

2010年2月8日,张良皋先生赠新著《曹雪芹佚诗辨》,余捧读再三,感而赋此,以记其盛。

谁有诗章可代曹,难为宋贾②仿离骚。
案悬真假唾壶③水,典检昔今北浦潮。
考辨从来关国运,唱酬应信隐贤豪。
卅年秉笔梦魂系,八秩登坛践履高。

注:①张良皋先生(1923—2015年)所著《曹雪芹佚诗辨》一书于2009年12月由中国建筑工业出版社出版,全书36万字。该书围绕1971年出现的曹雪芹佚诗案,即由周汝昌先生传出的"唾壶崩剥慨当慷"一诗的真伪,进行了广泛的学术考证。年逾八旬的建筑学专家张良皋先生,著书辨义,促进红学发展,令人钦佩之至。

②宋,即宋玉,师事屈平,有集三卷。贾,即贾谊,曾渡湘水,为赋以吊屈原。屈原,楚贤臣也,被谗放逐,作《离骚》。

③唾壶,即曹雪芹诗:"唾壶崩剥慨当慷,月荻江枫满画堂。红粉真堪传栩栩,渌樽那靳感茫茫。西轩鼓板心犹壮,北浦琵琶韵未荒。白傅诗灵应喜甚,定教蛮素鬼排场。"

七律·甲午初夏和郑在瀛先生(平水韵)

2014年5月5日,岁在甲午立夏之日,郑在瀛先生从广州寄赠七律一首,余依韵奉和。

登高作赋近何如,湖畔囊萤辨蠹鱼。
笔下生花十论道,窗中细读五车书。①
沐芳抚剑②呈风骨,抱质怀文识大儒。
喜向粤峰开绛帐,传薪抒志冠南隅。

注：①华中科技大学中文系郑在瀛教授寄赠余七律一首，有"杨朱问道竟何如，弹铗冯谖食有鱼。三百万言文自著，六千余纸手亲书"之句。郑在瀛教授撰有《巫官屈原九证》《巫官屈原补证》《巫官屈原论》等，是为"巫官屈原十证"。

②沐芳：《九歌·云中君》中有"浴兰汤兮沐芳"。抚剑：《九歌·东皇太一》中有"抚长剑兮玉珥"。

七律·怀朱祖延老师①（平水韵）

2011年12月下旬，余赴美加州伯克利大学东亚研究院访学期间，惊悉我读硕士研究生时的导师朱祖延先生已作古，旅思悲恸，曷胜哀悼，天涯西拜，勉成七律一首，叩挽。

噩耗传来忽自惊，三蕃轸惜最关情。
琴园旧梦随魂断，湖畔弦歌传铎声。
尔雅诗书相待老，钟王②逸韵负盛名。
鸿篇巨制如犹昨，文苑鲜旗尚在擎。

注：①朱祖延（1922—2011年），湖北大学教授、中文系主任、古籍研究所所长，湖北省语言学会第一届副理事长，中国修辞学会第一届副会长，《汉语大字典》副主编。

②钟王：古代书法家钟繇和王羲之并称为"钟王"。

七律·怀熊国庆教授①（平水韵）

2013年11月，瑜珈诗社同仁开会研究诗社工作之时，诸先生告知铸造教研室熊国庆教授作古已久，殊深震悼，余念先生导教多年，痛惜久之，赋七律一首，以纪思念之忱。

梦断关山裂寸肠，蓬莱此去两茫茫。
楼空人邈秋云淡，笔落书残翰墨香。
解惑时时师道立，品高处处颂歌长。

杏坛尚有遗篇在,耿耿铸魂旌旆扬。

注:①熊国庆,华中科技大学材料科学与工程技术学院教授,华中科技大学铸造教研室创始人,从事铸造合金的教学与研究,取得"Ni20奥氏体球墨铸铁抗热冲击性能的研究"等重大科学研究成果;有《铸造冶金学》等著作行世。在铸造合金专业的学习之中,先生对我指导良多。

七律·怀华中科技大学教授郑在瀛先生①(平水韵)

2017年7月,遽闻华中科技大学教授郑在瀛先生溘逝于广州,痛悼良深,勉成七律一首,以志哀思之忱。

西楼论著奋英豪,湖畔诗文识见高。
通贯古今存气象②,胸吞云梦识秋毫。
七千余纸酬清赏,三百万言凛笔刀。
独向南天成长泣,从今谁可哭《离骚》③。

注:①郑在瀛(1938—2017年),湖北英山人,华中科技大学中文系教授。出版著作有《楚辞探奇》《六朝文论讲疏》。

②郑在瀛先生《自制学书歌》中有"通贯古今存气象,天高海阔任纵横"。

③哭《离骚》:指郑在瀛先生《巫官屈原论》,乃当代第一篇论证屈原是巫祝之官的专篇论文,见《江汉论坛》1989年第7期。

五律·赠李建新教授①(平水韵)

华中科技大学哲学系1998级李建新同学,2017年5月3日打来电话告知近况,5月5日网上又发来文函,嘱为《棋道·再传播》题写书贺,丁酉立夏后二日,余赋五律一首以赠。

电函情意切,使我忆当年。
湖畔妍桃李,关山奏管弦。

开枰人思后,谋略弈盘前。
棋局惟高著,回回出大篇。

注:①李建新,华中科技大学哲学硕士,华中科技大学教育学博士,复旦大学新闻传播学博士后,美国密苏里大学新闻学院访问学者(2011年)。现为上海大学新闻传播学教授、博士生导师,上海大学国际新闻传播教育研究中心主任,《棋友》杂志社副总编辑,"中国象棋大师网"主页编辑。

七律·题"中国技术思想史"课程(平水韵)

2017年以来,余设帐清华大学,讲授"中国技术思想史""中国书法文化与实践""篆刻与书法创作"诸课程。2019—2020年度第二学期"中国技术思想史"课程第12次教学活动,于2019年12月6日星期五晚,在清华大学六教C300教室进行,至此"中国技术思想史"课程的教学活动告一段落;助教高旭东博士再三嘱之微信留言,余勉成七律一首以应。

剩有余锋穿鲁缟①,烛残秉志照滇池。
微言道艺开新意,细说人文识共知。
鉴古欲评得失事,开今始觉兴衰期。
清华旧梦犹在念,但使征途会有时。

注:①《史记·韩长孺列传》有"强弩之极,矢不能穿鲁缟;冲风之末,力不能漂鸿毛"句。

七律·为郭可谦先生① 获"奉献有为之星"称号赋此(平水韵)

2017年12月8日,余赴北京航空航天大学拜访中国机械史学会理事长郭可谦先生,恰值先生九五大寿,悉先生获"奉献有为之星"称号,赋此敬贺。

喜庆相重众所无,郭翁奇气得来孤。
飞龙九五驭天宇,世业平生得坦途。
鉴古应当怀长策,开今且喜展宏图。
年来着意裁文字,付与兰台献画厨。

注:①郭可谦,北京航空航天大学机械工程及自动化学院教授,中国机械工程学会机械史学会理事长,第十届中日机械设计及机械史国际会议中方名誉主席。

七律·贺吾儿刘亦师执教清华大学(平水韵)

吾儿亦师于清华大学硕士毕业后,赴美留学,于2011年在美国加州大学伯克利分校获博士学位,2012年进清华大学建筑学博士后流动站,2014年6月入职清华大学,并执教清华建筑学院,赋此贺之。

已渐成材雨露滋,芸窗廿载自悬锥。
弦歌阵阵关山远,学业频频岁月迟。
道德传家垂典训,诗书继世得新知。
从今骞翮思高骞,不负呼名一字师。

七律·贺刘亦师开始招收培养博士研究生(平水韵)

2018年秋,吾儿刘亦师于清华大学建筑学院开始招收博士研究生,并已录取校内外博士生各一名,赋此以贺之。

满园秋叶缀深红,新干根涵雨露丰。
廿载笔耕磨铁杵,一朝论著赞天功。
书山有路寻高顶,学海无涯贯霓虹。
应是清华旧梦①在,开来继往系初衷。

注:①清华旧梦:冯友兰先生赠涂又光先生七绝有"清华旧梦尚依然"句。

五律·题刘亦师新著（平水韵）

吾儿著作《中国近代建筑史概论》，2019年9月由商务印书馆出版，题此以贺之。

新论文自著，笔从史迁书。
十载磨长剑，先知读五车。
匠心遵正道，近代独踌躇。
放眼看天下，令人意气舒。

五律·丁酉后六月①游颐和园（平水韵）

2017年7月16—29日清华大学举办"感知中国——清华印象"夏令营，余参与建筑组学生活动，并与各国学生同游昆明湖万寿山，赋诗以记之。

景气几时休，人来帝苑游。
四时更六月，湖上似三秋。
制式规模壮，禀经长计筹②。
昆明文物在，四海共歌讴。

注：①2017年为农历丁酉年，其年闰六月。
②颐和园长廊，至今可见慈禧太后题写的匾额"禀经制式"，此为昆明湖万寿山园林设计之基本思想。"禀经制式"意为秉承着"四书五经"来治理天下。

古风·高铁赞（平水韵）

2019年5月26日，中国图学学会举办2018—2020年度图学学科发展研究项目第三次研讨会，在上海古镇朱家角景苑水庄酒店召开，余于5月25日上午到北京南站乘高铁赴上海，感赋。

京沪路程远，山河阻且绵。

南北行已久，铁轨一线牵。
国之大动脉，列车御风旋。
高铁如织网，动车似梭联。
识面两三秒，程序互连延。
想来网上约，想走即来签。
智能汇铁路，精品萃群贤。
风驰平原上，电掣山水间。
麦秋正时节，清流映碧天。
须臾千里至，击节时叩舷。
高速见国力，制造取精研。
两大经济圈，四省一线牵。
追赶几筹策，标杆已领先。
奋斗新时代，壮丽七十年。
典范超欧美，复兴开新篇。
今看我中华，领跑世界前。

刘洋(20)

七绝·中秋雨夜赴成都（平水韵）

千里戎关一骑催，佳期远客梦萦回。
中秋深解离人意，不叫长天月作陪。

七绝·访碑林口占（平水韵）

唐宋明清一处收，任凭磨洗岁千秋。
碑林虽冷能言语，傲踞文坛第一流。

七律·赴任蜀中杂感（五首，平水韵）

一

关外风沙关内花，关门一入任天涯。
浮云掩映常追忆，野渡彷徨更恋家。
意气盈时当自赏，人生无处不芳华。
多情笑我曾年少，莫待青春向晚霞。

二

身许喻园冬复夏，一封函调入川巴。
西山雪冷凭谁问？天府楼高当自涯。
父母叮咛声在耳，妻儿惦念泪如花。
江城更望蓉城远，再望冰城不是家。

三

此去西川万里途，愁云览尽恨飞孤。
癫持傲骨神犹在，欲抱诗心兴却无。
身世飘摇悲旧事，情怀激荡落残珠。
长风不老关山月，谁寄相思到蜀都。

四

红尘紫陌逝如烟，一粒恒沙演大千。
半数相知成过往，几番旧爱忆当年。
心思忐忑重逢日，曲散惊慌独扣弦。
百转柔肠应记取，勿留遗恨奈河边。

五

明月天涯共此时，此时明月共谁知。
金蟾寂寞花相伴，银汉逍遥梦入诗。
对影寄之千古事，悲凉唱罢百年辞。
何当一醉他乡客，问得归来未有期。

七律·双十一感赋（平水韵）

大江淘洗旧时尘，四秩年来枉顾身。
病处登高犹恋渚，花前把酒自销魂。
寒塘孤影愁何渡，荒圃枯枝盼再春。
一去阳关无践送，空将残曲下黄昏。

七律·大美泸州（平水韵）

秦时太守汉时侯，笑饮金樽付水流。
百代功名终过手，千年诗酒总相俦。
闲邀东壁升岩月，醉揽长天入海楼。
也作临江仙一曲，今朝建业大潮头。

七律·游大唐不夜城留句（平水韵）

北望苍茫渭水边，冲霄紫气贯长安。
鸣鸾和凤朝仙阙，金戈铁马护玉銮。
才奉唐王出塞外，又接神女下西天。
盛名不负今犹在，四海升平演大观。

七律 · 登长安城墙怀古（平水韵）

多少豪杰欲竞雄，登临放眼大潮东。
黄粱梦尽千金散，霸业途穷一盏空。
寂寞来时当自省，繁华过后更从容。
无关长乐门前树，几度飘零几度红。

七律 · 临厦门盼回亭望金门岛留句（平水韵）

同宗同种共尧天，海外孤悬若许年。
万顷涛翻摇碎玉，千张帆竞锁硝烟。
兆民矢志驱顽寇，雄主挥师向日边。
我辈凭栏思太武，何时重整旧山川。

七律 · 寄与诸君于厦门大学培训（平水韵）

学海无涯再弄舟，中年喜做少年游。
曾经锐气成追忆，忽觉萧然上白头。
力不从容犹可复，心思进取更添愁。
春风得意有时尽，君子乾乾未肯休。

五律 · 过兴山途遇故友（平水韵）

古道车行远，农坛雪岭横。
云翻天路暗，雨霁晚霞明。
百载伤离恨，千杯诉别情。
心存相惜处，遥望醉蓉城。

满江红·瑜园情（词林正韵）

四海英杰,衷爱这,楚天黄鹤。成就了,高山仰止,千秋基业。品厚学博终古雪,才明德正当空月。忆往昔,胸有万千结,情弥切。　　堪争竞,尊前列;能转化,筹雄策。问时代使命,谁人书写?求是至臻唯本色,创新图治传经略。谋复兴,你我并征程,从头越。

水龙吟·步刘征先生韵贺中华诗词学会创建三十周年（词林正韵）

故园不忍回眸,黯然犹唱千秋曲。雅音声默,贯珠词绝,残花带雨。空叹隋唐,痴怜秦汉,笙歌户户。惜白眉皓首,感伤后继,愿未平、心难足。　　何惧世人侧目。三十年、躬耕沃土。华章迭韵,吟怀寄古,清钟叩玉。又领风骚,重操琴瑟,再熏兰杜。恰春潮送暖,江天酾酒,当跨越、歌新赋。

临江仙·七月二日夜读红楼有寄（词林正韵）

多少情痴闺怨,当初覆水难收。无缘偏向苦中求。似曾相识燕,散作别离鸥。　　泪是前尘积愫,愁如心上悲秋。浮华堪眼几时休。芳菲无释处,只把暗香留。

水调歌头·雨夜中秋（词林正韵）

游子怨遥夜,几度盼秋光。哪堪云锁孤月,何以寄柔肠。本是团圆时候,恨把新愁佐酒,相望泪成行。独在异

乡客,谁为举离觞。　　雨如注,情罔顾,自凄凉。此身可叹,浮世寥落正彷徨。辜负青春厮守,更误天长地久,早已鬓飞霜。总有当年事,无奈又心伤。

踏莎行·金城寄友（词林正韵）

情寄银环,酒逢酣宴。高楼欢饮宵将半。天涯若有旧相知,蓬山不阻征人面。　　胸有长天,气冲霄汉。此身曾许云中雁。寻常往事上心头,蓦然回首风云散。

西江月·八月十五夜中海锦江望月（词林正韵）

天上一轮满月,堂前几许蟾光。秋来春去似成伤,时节无须惆怅。　　难得初心未改,豪情诗酒文章。人非物是又何妨?不负曾经闯荡。

刘志澄(20)

七绝·天书（平水韵）

出岫烟云竞自由,弥空雨雪惹人愁。
天书浩瀚谁能识?气象尖兵一览收。

摊破浣溪沙·云（诗韵新编）

出岫凌空气象森,千姿万态似琼林。玉垒浮云变今古,动诗心。　　游荡苍旻追日月,闹腾天幕弄晴阴。舒卷涨消皆奥秘,盼知音。

菩萨蛮·雷（中华新韵）

乌云翻涌雷声吼，人间万物惊低首。慧眼辨忠奸，狐鼠皆胆寒。　　呼风擂战鼓，麾下金蛇舞。点将雨倾盆，滔滔涤暗尘。

行香子·虹（词林正韵）

雨骤云汹，电闪雷隆。乍晴时，惊现飞虹。斜光折射，水滴神工。看天如洗，景如画，日如釭。　　彩练腾空，爽意舒胸。凝眸望，势若虬龙。天梯一挂，浮想千重。欲登仙桥，探仙境，觅仙踪。

临江仙·春雨（中华新韵）

润物无声天地湿，生机萌动荒原。湖山花木尽含烟。游鱼翔浅底，乳燕宿高檐。　　历过冬寒逢好雨，沾唇味觉甘甜。滋心悦目得欢颜。百忧皆涤去，一霁见春妍。

更漏子·江南夜雨（词林正韵）

夏风熏，梅子熟，烟雨江南夜宿。声裹湿，沫飞凉，水丝织梦长。　　油纸伞，虹桥畔，怎遇丁香浪漫。心尤记，絮飘零，不堪点滴情。

高阳台·秋夜喜雨（词林正韵）

夜雨侵窗，飘丝入户，喜闻淅沥声稠。水箭穿空，万支落地成流。云山雾海迷濛处，闪霓虹、隐约高楼。立多

时、擎伞披衣,伴雨优游。 流甘待泽生机满,正潇潇洒洒,滋润心头。桂树婆娑,吐香滴翠温柔。田原久旱逢甘露,敞胸怀、孕育丰收。雨中行、爽气清风,吟兴悠悠。

七绝·暮秋湖畔(平水韵)

残荷衰柳月迷离,滴露飞霜惹鬓丝。
好是风清香沁腑,凭栏吟诵盼春词。

七绝·秋柳(诗韵新编)

西风飒飒露凝霜,垂柳凄凄叶半黄。
若有松柏傲寒志,柔条舞翠应如常。

五律·咏秋柳(平水韵)

依依池畔柳,秋暮失娇娆。
露冷垂枝瘦,霜凝落叶飘。
休愁老将至,莫要折柔腰。
且待秋冬过,春风剪嫩条。

五律·赏菊(平水韵)

风轻月色凉,小院菊花黄。
独秀亭亭立,群英郁郁香。
凝霜清入骨,瘦影自含章。
邀友丛中坐,心痴频举觞。

七律·友菊(诗韵新编)

萧瑟深秋人易愁,欣逢彩菊解烦忧。
金堂玉室显名贵,草院荆篱傲俗流。
结友尊称四君子,吐芳赢得众心投。
霜寒幸有此花伴,好景舒怀不胜收。

七律·立冬(诗韵新编)

天催寒气暮秋终,时令轮回起朔风。
染露枯林黄叶落,凝霜晚菊玉姿雄。
荷经冷雨尽萧瑟,雁唳长空已力穷。
谷满粮仓农户乐,移栽油菜见葱茏。

苏幕遮·立冬(堆絮体,词林正韵)

季轮回,冬入驻。瑟瑟西风,瑟瑟西风舞。黄叶纷飞堆旧路。霜染农家,霜染农家妇。　影孤单,人独处。冷雨敲窗,冷雨敲窗诉。夫婿打工城里苦。薄否棉衣,薄否棉衣裤?

【双调】沉醉东风·立冬(词林正韵)

八万里、北风劲吹,一夜间、季节轮回。虽非彻骨寒,却是冬滋味。　冷秋江、鸥鹭声碎。莫叹萧瑟菊花萎,自有那、香梅育蕊。

七律·小雪(诗韵新编)

拂面西风初料峭,时逢小雪是轻寒。
篱边残菊香犹在,江畔苍葭软似棉。

已盼彤云飞玉絮,润归多稼兆丰年。
越冬诸事莫松懈,把酒围炉难得闲。

鹧鸪天·小雪(词林正韵)

节令掀开小雪篇,秋光收尽换冬天。北方云冻六花素,南国山青桔柚悬。　　防凛冽,备严寒。何时飞絮兆丰年?江城又起潇潇雨,盼雪诗情溢锦笺。

七律·大雪(诗韵新编)

又是人间大雪天,花飞六出兆丰年。
低温冻杀病虫害,琼液渗滋干渴田。
寒逼梅枝思吐艳,气埋山色显松烟。
围炉谈论农家事,昼短夜长宜早眠。

【仙吕】游四门·雪的传说(重头)

皇天后土好夫妻,昔日相聚总相依。只因为生存万物空间挤,天公跃上九霄栖。嘘唏!从此天地两分离。

俯看仰望爱心驰,相思雨落泪凄凄。情切切终于自碎天公体,化作雪片压云低。飘兮!扑向大地两情怡。

此时宇宙俱沉迷,苍穹唯有雪飞移。你看那飘飘洒洒情和意,纷纷熠熠爱和痴。佳期!相偎轻把素衣披。

由来瑞雪请君思,应觉天地爱儿慈。尤其是天公化雪晶晶质,冰心一片万言诗。偲偲!应以素雪作良师。

七律 · 抗御寒潮（平水韵）

寒潮将至扰民心，忍看低温灾祸侵？
气象中心鸣警曲，防灾预案奏强音。
云龙受缚风无力，冷怪遭诛地有衾。
不是天公今变善，惠民科技胜甘霖。

刘忠(13)

七古 · 纪念五四运动百年（中华新韵）

巴黎和会太荒唐，抢掠强权柱换梁。
热血青年齐奋起，天翻地覆打豺狼。
今朝狮吼雷霆响，明日戎装上战场。
取义舍身承大业，科学民主放霞光。

七古 · 凉山扑火英雄赞（中华新韵）

凉山灾祸鬼神惊，林木遭殃火势横。
黎庶心中如煎烤，解围急切盼援兵。
百名勇士蹈天火，卅位英雄献青春。
江水鸣琴千万里，群山肃穆寄深情。

水调歌头 · 欣喜港珠澳大桥通车（词林正韵）

碧色水天阔，海燕舞朝霞。巨龙吞吐烟波，海域放奇葩。三地宏桥联袂。蜿曲绵长百里，四望一咨嗟。高铁疾如电，一瞬即回家。　　呼雄风，啸伟业，展平沙。南

疆屏障,钢铁城屹立天涯。水底叮咚神秘,打破深幽莫测,科技献精华。跨海迎宾客,雾里看新花。

鹧鸪天·纪念红军长征胜利会师80周年（词林正韵）

国恨家仇忆旧年,百年魔怪舞翩跹。雪山草地何妨险,风卷红旗过大关。　　逾万水,越千山,迂回歼敌巧周旋。会师北上军威壮,收复金瓯捷报传。

五律·贺侯孝琼教授获全国诗词大奖有赠[①]（平水韵）

耕耘流雅韵,寒暑挂心头。
博览熏涵久,传承遍九州。
出言开万锁,青史炳千秋。
崇敬聂诗杰,追思展大猷。

注:①侯孝琼教授获全国聂绀弩诗词大奖——终身成就奖。

七律·赞黄志良教授《诗画山水》（平水韵）

泉水叮咚自抚琴,红枫醉卧遍山林。
黄鹂鸣柳春山近,犬吠鸡啼庭院深。
千里雁飞寻旧地,百年诗画贵传今。
悠然下笔开生面,云卷云舒最赏心。

七律·赞徐悲鸿画鸡（中华新韵）

昂首司晨警世啼,红冠彩尾锦云衣。
鸡鸣报晓云霞灿,播种耕耘正适宜。

春雨一番芽吐秀,东风几许绿衫猗。

雄鸡唤醒农家乐,莫负春光抢契机。

减字木兰花·赞侯孝琼教授诗词课(词林正韵)

行家里手,造句遣词云出岫。椽笔新篇,妙解谜团若等闲。　　转睛慧眼,点石成金逾万卷。远韵清吟,如坐春风颂雅音。

七律·大河颂歌(平水韵)

在"黄河魂·中国梦"全国诗词艺术大赛中,本诗荣获黄河艺术创作二等奖。

昆仑莽莽大河头,叱咤苍龙云水游。

横跨九州形胜地,奔腾入海几曾休?

峥嵘万木春来早,竞发千帆远去舟。

哺育中华功盖世,犹如日月壮三秋。

水调歌头·观海(词林正韵)

潮水涌新月,激滟起银滩。峥嵘铜鼓①高岸,携友共登攀。五彩蜂花飞舞,会我同盟鸥鹭,来往助相喧。登顶瞰苍海,千里点渔帆。　　航天城,拔地起,耀琼天。神舟一出惊世,偕与月摩肩。铜岭山巅远望,海岛风云变幻,碧海又桑田。南国飞天梦,挥笔续新篇。

注:①铜鼓:指铜鼓岭,是海南文昌地区最高峰,登顶观海,可看到美丽的月亮湾。航天城在此崛起,人文景观和自然景观完美结合,为一道亮丽的风景线。

七律·神农架天燕奇观(中华新韵)

金丝燕洞现奇观,燕子如梭冲上天。
云海翻腾缥缈境,彩桥①飞架两山尖。
深幽林海待人访,神秘源头学者研。
借问野人何处有?土家遥指小龙潭。

注:①彩桥:指飞云渡桥,是亚洲最高的景观桥,海拔2200米,在神农架天燕景区。

采桑子·海南清澜码头(中华新韵)

大桥横跨沙湾美,椰竹依依,涛涌长堤,新舶长鸣鸥鹭啼。　　海鲜集市鱼虾沸,攒动人移,娃叟嘻嘻,小立其间神已怡。

浣溪沙·海南万宁行吟(中华新韵)

一路欢歌喜展眉,天清气爽海风吹,婆娑美景影相随。　　古刹千年香火盛,渔舟万里白云飞,渡头熙攘迎斜晖。

罗陶(4)

七绝·赞新中国成立时的扫盲大运动(中华新韵)

新中国成立时,五亿人口,近八成文盲,严重影响社会主义革命和建设,成为亟待解决的重大问题。为此,中央发动扫盲大运动,设立夜校。识字者为师,互学互教,收效极好,全民文化素质的加速提升,为以后社会主义建设奠定了基础,功莫大焉。

四亿工农不识丁,雄师百万也相形。
扫盲运动欢腾跃,文化提高百废兴。

七古·怀唱淮河两岸鲜花开(平水韵)

淮河地区常年是大雨大灾、小雨小灾、无雨旱灾,严重危害两岸人民的生命财产安全。1951年毛泽东主席发出"一定要把淮河修好"的号召,全国人民积极响应,边设计,边施工。先在上游修几个水库,至1958年再完成下游水库的建设,基本解决了淮河的易洪易涝易旱的问题。其间,华中工学院派师生参加了治淮工程。

千军万马奔淮川,夜战挑灯勇争先。
汗雨如流衣席白①,修成水库溺魔渊。

注:①衣席白:汗渍久积,晚睡晨起则因盐汗而衣席皆霜白。

七绝·战困扰(平水韵)

肉价频升余不急,何妨暂作一斋公。
米珠薪桂云烟过,淡饭粗茶益老翁。

七绝·不忘初心(平水韵)

编书只为学前驱,但看灯油剩半壶。
老眼昏花时不待,唯祈赐我夜明珠。

骆艳龄(17)

七绝·于习近平总书记南下考察有感(平水韵)

2012年12月4日中共中央政治局通过了《关于改进工作作风、密切联系群众的八项规定》。三天后,习近平总书记南下考察。余读有关报道,深深为习近平总书记朴实亲民之风所感动,遂赋诗赞之。

便服轻车自助餐,街头灶侧问民安。
率先垂范祛顽疾,党政风清天地宽。

五绝·赞老英雄张富清(中华新韵)

僻陋山乡里,藏勋六秩春。
淡泊多奉献,耿耿守初心。

古风·十九大祝颂词(中华新韵)

山欢水笑,云锦高张。喜庆盛会,成果辉煌。
崭新时代,核心领航。人民奋发,矢志强邦。
五年奋进,步调铿锵。打虎拍蝇,正纪肃纲。
沙场阅兵,铁壁铜墙。道通八极,绿染城乡。
士农工商,万马腾骧。带路共赢,驰誉洲洋。
敬祝我党,续写新章。国风大雅,全面小康。
神州圆梦,凤翥龙翔。浮白举觞,激情飞扬。
伟哉中华,屹立东方。与天不老,福泽绵长!

清平乐·秋游圣人堂村①(词林正韵)

山村如画,千树霞光洒。枫焰熊熊橙柚挂,户户粉墙黛瓦。　　更美小院田娘,馈余菜绿薯黄,笑语尝鲜敬老。圣人品德流芳!

注:①2018年11月,我到大别山风景如画的圣人堂村秋游。见一大娘垅上挖苕,其苕个大皮鲜。道她辛苦,示欲尝鲜。大娘审视说:"送你们几个。"我们执意给钱,她竟说:"给钱,就不卖!"

随后笑着说:"你们是老人,送几个苕给你们尝尝鲜是应该的!"说毕,又去旁边自家院子里拔了几棵白菜,装了一大袋送给我们。我们很感动,连连道谢;又有些不解——毕竟素不相识。后来走到村口,望见大写的村名,顿悟:这位大娘是红色大别山下圣人堂村脱贫村民的代表!当晚浮想联翩,欣然命笔。

七绝·赞武汉抗日空战英雄[①](平水韵)

蝗阵狂蜂来势汹,英雄无畏战长空。
冲霄怒火催倭胆,血溅江天气贯虹。

注:①1938年2月18日,日寇38架战机进犯武汉,中国空军第四大队战士架机勇敢迎敌搏战。李桂丹、吕基淳、巴清正、王怡、李鹏翔等战士壮烈牺牲。

七绝·"诵诗疗痛"赞黎笙(平水韵)

曾以撰写武汉城市形象片《大城崛起》解说词而获国务院新闻办奖的作家黎笙,2016年春患癌,经受化、放疗折磨中,以诵诗疗痛。让诗词意境引其神游,忘却痛苦。同年夏末痊愈。余有感黎笙以诗疗痛之雅,作诗以赞之。

《大城崛起》出奇篇,罹患沉疴志更坚。
疗痛枕诗吟曲赋,身轻一梦挟飞仙[①]。

注:①苏东坡《赤壁赋》有云:"挟飞仙以遨游,抱明月而长终。"

忆江南·瑜姐[①]赞(三首选二,词林正韵)

一

瑜姐寿,康乐九零修。散步莳花肋骨健,属文操网脑心遒。潇洒信天游。

瑜园诗选(六)

二

瑜姐秀,笑靥醉枫秋。金界融通担副总,银坛高论震中州。风采凤凰俦。

注:①瑜姐,85岁,离休干部,原在北京某银行总行工作。离休后,古稀学会使用电脑。2006年至今任某"银网"副总裁。

七古·云台山红石峡瀑布(中华新韵)

玉女银河浣素纱,遥抛人世红石峡。
层层挂作八段锦,更饰霓虹七色花。

七绝·听侯孝琼教授讲诗词课(中华新韵)

己亥年春三月,侯孝琼教授应华中科技大学瑜珈诗社邀请,在西十二教学大楼两次作题为"盛世之音"的诗词创作讲座。

如坐春风①入课堂,先生绣口吐华章。
海棠楼外②新着雨,室内诗花冉冉香。

注:①如坐春风:形容同道德高尚、学识渊博的人相处,受其熏陶。《二程外书·传闻杂记》:朱公掞见明道于汝州,逾月而归。语人曰:"光庭在春风中坐了一月。"

②海棠楼外:西十二教学大楼外有海棠林,三月花开秾丽。

七绝·与沙湖诗友雅聚荷鳅塘(平水韵)

荷塘喜迓众诗贤,炼句烹鲜酿美篇。
一咏一觞相得乐,兰亭新韵喻山前。

水调歌头·望校园(词林正韵)

我家居华中科技大学主校区最高楼,凭窗纵目,可尽情观赏校园壮丽的日景夜色。

形胜毓才地,景象誉东方。满园云树葱茏,林海碧沧茫。簧宇琼楼列阵,势若宏舻千里,浩荡启新航。引领有红舫,破浪向朝阳。 夜静谧,万窗亮,灿星光。传承薪火,连日灯下漫书香。恍若神飞银汉,寻见行星"吾爱"①,闪射语何祥:名冠华中大,相与创辉煌!

注:①行星"吾爱":经国际天文联合会批准,2022 年 3 月 21 日中国国家天文台宣布,将我国 1995 年发现的、永久编号为 52487 号小行星命名为"华中科技大学星"。其编号中的"52"谐音"吾爱","487"则与我校在教育部中的备案号"10487"尾号一致。两者互相呼应,奇妙地表述出星校互爱之情。且恰值华中大喜庆建校 70 周年之际,收到这份来自宇宙的生日礼物,真是天意啊!

临江仙·辞旧迎新年(词林正韵)

笑别金牛迎瑞虎,欢欣天地吉祥。田园遍胜武陵乡。神舟昨夜,巡察四出舱。 擘画蓝图民勇毅,朝晖凤翥龙翔。举觞浮白激情扬。祈禳华夏,前景更辉煌!

五古·小康梦圆(中华新韵)

庆祝中国共产党百年华诞。

党践初心志,铁肩民祉担。
千秋小康梦,奋战百年圆。

七绝·赞下沉干部周志刚①(平水韵)

慰老常称"我小周",捐资送馔解忧愁。
人文关爱三春暖,公仆精神第一流。

注:①周志刚,华中科技大学附属中学党委书记,年近半百。

七绝·听侯教授诗词吟诵课有感(平水韵)

高寿亲传风雅吟,好风吹送凤凰音。
明朝众和诗涛涌,玉振金声四海歆。

五绝·题"落叶似红唇"照(平水韵)

霜天繁丽物,此叶最多情。
落地红唇吻,融泥育嫩青。

马绮飞(3)

七绝·迪拜观音乐喷泉有感(中华新韵)

一

巨幕冲天一瞬间,万方珠玉溅云颠。
含烟卷雨飘然落,借助佳音妙乐还。

二

彩蝶携雾舞蹁跹,《梁祝》绵缠悦耳边。
游客凝神皆注目,美仑美奂醉如仙。

三

他国万里闻国乐,备感腰直壮志踌。
爱我中华情不禁,任由热泪放闸流。

梅湄(4)

七古·三峡(平水韵)

骤雨狂风折草木,波涛浪涌渺云山。
功成峡坝千秋业,九省廿年尽笑颜。

七古·毕业回首(平水韵)

晚莲红叶梧桐雨,韵苑梅溪留桂香。
秋日一年眠觉短,夏怀万绪蝶影忙。
朝乾夕惕石金镂,掠影浮光梦偏长。
今散天涯明是客,同窗笑宴泪千行。

七律·咏医道(平水韵)

廿载寒窗终出道,十年苦患渡安康。
访医采药尝千草,刮骨开颅治百伤。
妙手回春生死叹,悬壶济世古今昌。
高官厚禄烟云散,自在斋房弄地黄。

五古·晚梅(平水韵)

梅发新寒翠,燕环繁木深。
静看风雪去,一梦报春心。

聂瑛(19)

七绝·华中大红梅（平水韵）

映雪衔霜剪绛绡，冰心唯有玉壶昭。
凝香傲骨留清绝，皴月丹霞似透雕。

七绝·喻园白莲（平水韵）

雪缀云浮碧伞旁，荷风缕缕送幽香。
采莲一曲花深处，琴瑟清音阵阵凉。

七绝·喻园秋韵（平水韵）

丹青点染梧桐雨，鱼浪吹香醉晚亭。
绿径书声追日影，红裙摇曳水娉婷。

七绝·侯孝琼先生（中华通韵）

湘音袅袅气如兰，八秩诗心云水宽。
袖舞清风桃李醉，又闻泽畔咏春蚕。

五律·喻园开学季（平水韵）

九月进黉堂，秋荷积素光。
池边谁作画？笔底墨留香。
学子书声朗，先生曲韵长。
深潭垂紫苪，淡碧映斜阳。

五律·新农村偶遇薰衣草庄园（中华新韵）

香草传花讯，婀娜引友朋。
村庄萦笑语，阡陌染丹青。
紫海滋童趣，白云隐曲衷。
回眸仙境里，寻梦楚辞中。

五律·紫阳公园采风（平水韵）

朝霞映碧塘，歌舞绕长廊。
曲径鲜花缀，瑶天绮燕翔。
风吹青草醉，湖漾紫荷香。
为解芙蓉意，吟诗摄影忙。

五律·青衣（平水韵）

台上千般媚，梨园枕月眠。
声腔凝朔气，水袖戏兰烟。
扇舞三更夜，场圆数九天。
春来冬日去，梅绽众芳前。

鹧鸪天·第八批在韩志愿军烈士遗骸回家（词林正韵）

鸭绿江边礼炮鸣。山河敬礼水门行。漫山红叶少年忆，遍地黄花烈士迎。　　挥笔墨，咏英灵。万千忠骨总牵情。终归故里亲人慰，松柏长青白鸽萦。

捣练子·痛悼袁隆平、吴孟超院士（词林正韵）

声动地,泪倾盆,何故双星舍世尘。肝胆济民乘鹤去,稻禾垂首挽功勋。

人月圆·天地同庆（词林正韵）

天和弄影三雄秀,驿站任君游。太空迎客,祥云护驾,揽月凝眸。　　鹰翔玉宇,舰巡碧海,鹤绕琼楼。月明千里,乾坤万象,耀我神州。

小重山·春日梦母（词林正韵）

翠鸟晨啼幽梦惊。风吟修竹泣、唤儿名。娥眉不扫绿窗听。梨花雨、片片诉衷情。　　柳絮舞空庭,慈亲犹在目,忆温馨。灶台瘦影细叮咛。思酢报,何处话心声?

春光好·东湖绿道踏春（词林正韵）

天澄碧,柳鹅黄。玉兰香。秀水黛山人醉,咏诗章。　　绿道蝶飞蜂舞,芳林燕剪莺簧。酥雨烟霞皆入画,踏春忙。

虞美人·桃花（词林正韵）

千枝万朵云霞透,丹彩娇容秀。芳姿粉黛嫁东风,占尽春光无限、醉颜红。　　胭脂染树花摇影,疑似桃源境。久违三载约重来。梦里陶公高格、入襟怀。

渔家傲·百米飞人苏炳添（词林正韵）

百米飞人奔六道。灯光秀里何言老。勒石已然奇迹报。争分秒。跻身决赛高光照。　　华夏今朝圆梦了。苏神硬核知多少。魔咒如烟扬眉笑。齐叫好。亚洲因你添荣耀。

行香子·重阳节（词林正韵）

兰桂成蹊，鸥鹭成行。探金英、墨染馨香。篱边清露，泽畔斜阳。正荣萸紫，青枫赤，碧梧黄。　　江涵秋影，云迎归雁，念儿孙、遥祝宁康。屏传音画，月映西窗。有景同观，网同步，梦同香。

沁园春·迎新寄怀（词林正韵）

岁起今朝，辞别昨宵，斗满桂浆。正相邀冬梦，情牵北国；频闻鹊语，歌送南疆。竹倚松轩，鹤鸣梅圃，游子思归念梓桑。盼团聚，把桃符新换，祭祖东方。　　诗朋联友飞觞。忆往昔，畅谈夜未央。叹佳期恨短，云留梦笔；慈亲犹在，风敲吟窗。漫漫星空，悠悠桂影，辉映红梅月满江。迎新岁，便烹茶煮酒，曲唱春阳。

【黄钟】人月圆·丰收节（词林正韵）

金英桂露清秋半，枫叶染南乡。雁归湖畔，云开楚岫，灯耀穹苍。　　鱼儿肥壮，果儿鲜亮，稻穗飘香。客迎天下，诗吟舟上，月满长江。

【双调】折桂令·黄鹤楼（中华通韵）

白云间、楼似凌空。翘角飞檐，俯瞰西东。鹤绕千年，江流万古，见证英雄。　　灯光秀、交辉夜永。楚天明、道道长虹，朗朗洪钟。搁笔亭前，寻觅仙踪。赏月山峰，画入诗中。

潘时德(6)

七古·"五四"百年纪（平水韵）

百年五四百年风，大浪淘沙接力雄。
破碎河山身许国，堪嗟封锁志苍穹。
蘑菇云定神针在，经济花妍山姆瞢。
更喜艨艟巡四海，百年华夏画图红。

七古·庆祝海军七十生日（平水韵）

七十峥嵘我海防，回眸来路事苍茫。
列强封锁斗智勇，壮士埋名历风霜。
直捣龙宫新定海，担当大任固金汤。
中华儿女多奇志，反霸维和箭弩张。

五绝·红梅赞（平水韵）

苞蕊繁珠缀，沉香雨土腴。
东湖车隧道，袅袅嗅梅酥。

江城子·神峰山庄(生态农业)(词林正韵)

神峰生态主题真,领头人,闻彬军。龙战回航,奔富领乡亲。养植循环思路广,明底线,有机耘。　经营战略扎红根,政扶贫,力同奔。农事舞台,归属主人尊。百万人流年访问,来往客,口生津。

七律·哭渤海三杰(平水韵)

海浪飓风寻夜叉,摧枯拉朽至天涯。
渤滨重器镇江海,连港英烈殉国家。
利益国家山岳重,赞歌华夏彩霓霞。
壮怀驱虎战惊浪,豪气干云万众夸。

七古·读上甘岭资讯有感(中华新韵)

上甘岭域战云弥,四十三天鏖战激。
蔽日敌机投烈弹,连营坑道歼强敌。
冲锋战士奔前阵,设伏英雄猛袭击。
一战功成传世界,颂扬声里伴龙笛。

彭颖(1)

自度曲·游江滩感怀九八抗洪(词林正韵)

滚滚长江东去,悠悠江城几经年。回顾此地,大雨滂沱,激流摧岸。迎风斗浪,众心成城,数月鏖战。终又见晴川,江水汤汤,风雷收,黑云散。　万丈高楼雄盘。

厦栉比,鳞次泽畔。九桥如龙,江汉合流,帆涌车转。荻原荡漾,蛙声一片,青葱江滩。忆戊寅长者,抗洪激荡,方有今汉。

汤漾平(20)

七律·玫瑰(平水韵)

红玫瑰

世花两色至情红,暮暮朝朝写一容。
醉卧绿丛人美戏,醒燃霞义接灵踪。
身披彩凤姻缘现,心有相思月下逢。
月季蔷薇不取谱,养颜代谢有新功。

黄玫瑰

人间情义黄花恋,不见宫衣缀艳裳。
忧去闷来深院里,徘徊闲步冷池傍。
至珍俗世篱边色,落魄天娇感热凉。
祝福多能添志气,必于所贵业功昌。

白玫瑰

春色虽思纷雪白,纯花洁蕙渐新开。
芳名冷淡稀逢见,情可香消寂寞来。
若拟心怡天巧在,当期立遍玉真杯。
东湖美绿园林道,梦里芬菲一万回。

七律·燕京八绝（八首选二，平水韵）

景泰蓝

一帘幽梦古今求，彩釉珐琅月雅钩。
千缕婉镶金转玉，万丝婀娜闭花羞。
雍容华贵芳姿艳，典韵临风细雨柔。
冶掐点烧磨镀罢，班门六艺鬼神愁。

玉雕

潇潇剔透锋刀烂，浅凸深凹绝世功。
粉默琢磨仙称妙，潜精设计鹤欣红。
草花鸟兽迎新晓，人物情思逐和风。
白菜螽斯闲暇意，求财多子万心同。

清平乐·落雁秋（词林正韵）

绿道彩茂，落雁沉鱼秀。尽染湖林秋叶厚，衫尾枫花桐皱。　　湿地谐趣鸤鸥，碧烟万顷袅游。楼榭楚天仙境，燃情掩泪回眸。

清平乐·葫芦丝（词林正韵）

惊涛骇浪，缘美真情荡。竹管金芦吹乐旺，孔雀开屏轻唱。　　静夜竹路星光，马兰凤尾仙香。傣寨侗乡赶摆，哈村瑶地池塘。

沁园春·赞伟人诗（词林正韵）

史河千秋，势造雄文，诗指云霄。爱寻真求理，安民谋路,雍容大气,豪放如潮。浩荡声颜,山高海阔,仗剑横空直上摇。观今古,最显英雄范,生死雍容。　　行神望远登高,彩云上,思游恣兴邀。喜挽澜遏浪,定邦正道,浪花瑰丽,婉漫逍遥。如画风光,红旗招展,锦绣河山绘盛朝。罗万象,至贵骄杨念,曲伴莺娇。

沁园春·雪中松（词林正韵）

郁郁苍松,傲然屹立,四季葱葱。迎雪经岁暮,隐楼遍野,欲欺枝坠,寒傲相逢。月月年年,担当如一,英杰豪雄礼从容。思贤圣,守仁天祥志,气宇长浓。　　晴空万里微风,振臂抖、仙花纷落丛。唤春怡杨柳,绚芳桃李,精神奕奕,青皎相浓。残雪祥烟,高姿亮节,一洗寒魂破长空。感才俊,耀邦恩来义,民众心中。

清平乐·宏图长卷三首（词林正韵）

千里江山

气象千万,壮阔雄浑瀚。长卷江山华夏传,水水山山毕现。　　浩淼湖碧江边,茅居村舍家园。夺目流觞曲水,希孟历现窗前。

清明上河

风俗趣志,京汴千杯醉。河盛千帆图雕地,将相能人诗意。　　喜怒哀乐妆台,耕读商仕农差。神韵江南一梦,择端聚慧良才。

富春山居

洒墨灵善,挫顿随锋转。援笔南楼挥长卷,两岸秋江烂漫。　　平淡天就波光,着苔点叶流芳。风剪雨青素妙,公望凤引雕梁。

七绝·中华神工(四首,平水韵)

木牛流马
巧马乖牛古见机,曲头方股运粮归。
一师蜀相工思远,万演几何今古稀。

古冰鉴
古鉴冰箱爽冷清,镂空器皿有柔情。
待知雅各明权叹,竟出曾侯不见名。

地动仪
龙机衡动地成仪,汉赋行家独相宜。
珠吐风候佳励见,月宫环现令名期。

机关鸢
尚贤墨子劲飞鸢,敞载篷车彩雨连。
兼爱非攻无冠带,五家一代抗云天。

五绝·洛阳牡丹(平水韵)

一

绿郁闲时静,红衣浅淡生。
唯推真国色,花发动京城。

二

菊兰梅荷月,茶杜桂仙清。
十大花中胜,奇葩最炫名。

三

鲜明舒嫩脸,仙冠叠红金。
绝代如西子,群芳致慕心。

浪淘沙令·谭嗣同(词林正韵)

青史赞书生,仗剑风鸣。高云终古此豪情。学震三湘垂堪任,天地余馨。　　是戊戌精诚,变法新声。望门投止待忠平。舍命横刀天侠笑,肝胆昆崚。

童树金(3)

古风·博鳌亚洲论坛(中华新韵)

碧海蓝天,鲜花似锦。
专家学者,英才如云。
真知灼见,妙语宏论。
开放发展,互惠互赢。
人类未来,同舟共命。
各国政要,盛赞近平。

五绝·咏荷(平水韵)

俏也不争春,花颜可照人。
污泥身不染,莲藕好馐珍。

古风·印度行（中华新韵）

武汉香港新德里，两飞八时抵天竺。
恒河平原似江汉，印度冬月如三秋。
阿格拉城泰姬陵，大理石雕美人楼。
更有红堡琥珀堡，富丽堂皇古建筑。
地导诉说农民苦，富人依然乐悠悠。
成堆垃圾无人扫，成群乞丐有何求。
交通混乱少监管，满街人流杂车流。
亚穆纳河甘地陵，游人纷纷摄影留。

王建军(5)

西江月·和侯孝琼先生《咏盆梅》（词林正韵）

香土一抔萦梦，疏枝傲骨伶仃。柴扉半掩小窗楹，月照嶙峋玉影。　　未见蝶蜂飞舞，犹闻箫笛相迎。凌寒三弄寸根凭，独抱冰心秉性。

鹊桥仙·红枫节（词林正韵）

平丘霜草，云冈翠竹，熠熠红枫如炬。诗情画意润心田，好似那、金风玉露。　　树人立志，洁身立德，学子须明津渡。幼苗长到入云时，莫忘记、文华吐哺！

如梦令·中秋对月（词林正韵）

高阁烟笼云幔，遐景冰轮凝盼。鹊伴桂花眠，馥郁玉蕤邀唤。遥看，遥看，圆缺岂无牵绊。

忆王孙·东湖秋望（词林正韵）

长天楼外碧波凉,桐叶飘飞丹桂香。戟立残荷恋野塘。水中央,一叶轻舟醉夕阳。

临江仙·东湖访梅（词林正韵）

昨夜雨惊幽梦,冷红欲借东风。湖边杨柳绽春容。归鸿应有约,照影趁晴空。　　有幸程门立雪,移樽吟兴深浓。梅亭索句化朦胧。师生饶野趣,一路觅诗踪。

王建勤(20)

排律·全球军运会江城召开（平水韵）

今秋传喜讯,军运会江城。
万朵祥云集,五洲宾客迎。
群雄同竞技,三镇聚精英。
友谊连寰宇,真心拥挚情。
滨湖荆楚衍,路带亚非旌。
志壮体坛盛,气宏霄汉惊。
身随场馆爽,香馥水波清。
圣火一团炬,新朋旧谊诚。

七律·新农（平水韵）

天洒甘霖润旱园,巧持金镐挖穷根。
复兴伟业三农利,幸福征程一策温。

国有和谐新日月,田无赋税惠乡村。
僻屯好梦今朝现,溢彩流光万象繁。

七律·乡行(中华新韵)

垅垅秧苗滋润深,傍林山鸟乐津津。
榴花似火红霞醉,陇麦如金黄穗匀。
幽径自多甜密意,灵鸹当选好芳邻。
莫嫌桃杏青梅小,报雨知时硕果新。

五律·参观安山养蜂厂(平水韵)

博采百花珍,赤诚忘苦辛。
自尝甜蜜味,缘结好芳邻。
岁月如歌美,山川入画真。
能书时代意,酿就僻村春。

五律·乡村见闻(中华新韵)

乡下旧风存,泥香尚有痕。
田芬青碧垅,犬吠浣花村。
渠引清泉爽,机耕沃土新。
依然生气焕,励治惠农民。

鹧鸪天·听表弟侃麦收(词林正韵)

忆昔开镰夜正浓,乘凉赶早事轻松。晨滋雾暖秧田急,晚浴星辉碾麦工。　　人恋月,臂生风。而今收割太从容。平原机械勤梳理,黄粒归藏瞬刻功。

西江月·春游江夏小朱湾（词林正韵）

人沐无边春气，田铺满地金黄。千畦花色织成行。百鸟争鸣清爽。　　晾晒一村惊喜，烹调百味芬芳。弦歌引出国天香。片片生机荡漾。

西江月·国庆七旬吟（词林正韵）

千卷画图云集，几桩心事由衷。花逢甘露尽玲珑。收获无穷感动。　　远景光明灿烂，国威鼎盛雄风。真诚待友五洲崇。畅写中华好梦。

行香子·游新农庄（词林正韵）

昨累牛鞭。今饰农田。织连畦、整洁新鲜。层楼树郁，碧堰鱼欢。见一坪蔬，几坡果，遍湖莲。　　和谐瑞彩，富裕光环。演神奇、似入桃源。轻吟小曲，漫品瓜甜。探健身坊，科研室，读书园。

沁园春·长江（词林正韵）

百转回旋，细涧缤纷，融合为涛。看岷峨月色，千流竞汇，嘉陵风雨，九派分潮。岚气苍茫，江声悲壮，雾重人惊船绕礁。夔门险，叹金澜碎玉，恶浪滔滔。　　鄱漪点点漂漂。喜三峡平湖分外娇。见花繁川藏，飞云漫拂，文兴荆楚，倒影轻摇。三镇春光，两江秋水，楼唤龟蛇云鹤招。思寥廓，展宏图万里，圆梦今朝。

五古·登鹳雀楼（平水韵）

登上鹳雀楼，难穷千里眸。
胸中无韵意，河渚有莲舟。

五律·人祖山（中华新韵）

人于雾里深，风动树头云。
人祖山中圣，女娲坛下音。
乾坤清韵汇，天地锦华氲。
禹甸遗碑在，昂然神彩尊。

五绝·为令狐贵忠老兄题照（中华新韵）

八旬骑晋骡，飒爽俊英哥。
不减当年俏，轻携壶口波。

七古·壶口壮观（平水韵）

飞瀑侵襟衣尽湿，吼声聋耳势恢宏。
千钧急跌飞虹起，壶口奇观霓彩生。

五律·观壶口瀑布（中华新韵）

九曲复回环，征途岂等闲。
奔驰惊日月，怒吼震人寰。
仙霭空濛状，波涛雷动般。
无私舒大爱，虹彩一壶悬。

七律·临汾公交感受(平水韵)

一路公交一路长,轻声细语说清凉。
话分箕尾连今古,城启燕头接太行。
禹甸人文新意盛,尧都景色古城光。
临汾拾掇金卮韵,满眼缤纷生气昂。

七律·朱德元帅(平水韵)

护法驱袁正义张,井冈相会论扛枪。
胸怀坦荡民为本,心态平衡国是纲。
高格如松人豁达,遐龄似鹤气轩昂。
半山岩画千秋迹,史册丰功笔墨香。

七律·彭德怀元帅(平水韵)

荆园惨白待新图,古塞昏沉须复苏。
骏骑龙旌井冈帜,险关云霭太行驹。
百团鏖战惊倭寇,三载援朝挫美狐。
持正驱邪身不顾,为民请命鼓还呼。

七律·庐山(中华新韵)

千峰叠嶂势鸿蒙,绣谷凝烟傲劲松。
奇险匡庐灵可幻,清幽仙洞妙无穷。
气吞云海三千顷,光浴岑霄一万重。
雨润丹墀神彩俊,文开白鹿濯新容。

七律·耄耋思（中华新韵）

古稀过半复何求，钓具斜阳且自留。
笔蕴童心潜盛夏，情萦雅趣入清秋。
邀来明月归鸿志，锁住闲云画锦畴。
点点喧烦凭尔去，意随鸥鹭信天游。

王景岚(20)

念奴娇·大庆七十周年颂（词林正韵）

红旗漫卷，喜洋洋，锣鼓喧天十月。七十周年应大庆，复兴和谐高铁。量子纠缠，巨锅深探，月背碾车辙。创新立异，峥嵘华夏豪杰。　　回眸四九当年，激滟西湖，恰少年英发。滥券金圆。一夜间，腰鼓秧歌街陌。岁月悠悠，坎坷历历，弯道欣超越。夜长多梦，一统须争朝夕！

南乡子·纵目大神州——改革开放四十周年感怀（词林正韵）

纵目大神州，百尺竿头楼上楼。四十年来心不乱，排忧，滚滚长江不倒流。　　决策运雄筹，秋实春华丰奖酬。君看伶仃港珠澳①，刚柔，百里蛇桥贯远谋。

注：①港珠澳跨海大桥跨越伶仃洋，它全长55公里，于2009年12月开建，2017年7月贯通，2018年10月正式通车。这座跨海大桥是改革开放的宏伟成果之一，是一座圆梦桥、同心桥、自信桥、复兴桥。

水龙吟·辉煌三十春秋——步刘征先生原玉，贺中华诗词学会成立三十周年（词林正韵）

辉煌三十春秋，欣然和唱龙吟曲。搜珍掘宝，开栏辟页，耕云播雨。源远流长，兴观群怨，风光门户。会知音诗侣，豪情兴发，心花绽，投手足。　　大国泱泱瞩目。问尖端，何妨洋土。海沟捉鳖，天穹揽月，昆仑采玉。温故知新，循根溯典，苏辛李杜。遍莺歌燕语，百花竞放，联佳句，歌新赋。

临江仙·小循环（词林正韵）

连日狂飙杯战烈，漫谈诸路英雄。星辰昨夜亮长空。梅西偶像在，不惜染黄红。　　百态千姿天震吼，任由酣雨惊风。前程狭路又相逢。咬金拼半道，黑马乱军中。

临江仙·大结局（词林正韵）

十六豪门拼胜出，绿茵鏖战英雄。罗梅嗟叹坠遥空。足星争烁闪，黑马竞当红。　　倒海排山掀巨浪，转头兴弄欧风。球迷总统喜相逢。高卢鸡晓唱，格子烙心中。

沁园春·流水行云——杨叔子诗教论述读后感（词林正韵）

流水行云，妙语连珠，高屋建瓴。更校园两论，别开生面；兼营二脑，文理峥嵘。魂系中华，情专诗教，脚步匆匆百校行。君可见，撷鲜花硕果，异彩纷呈。　　耳濡目染身经，继辛亥笙翁国学精。正钟山蠡口，东坡纪典；长天秋水,王勃扬名。源远流长,兴观群怨,前浪滔滔后浪生。看来者,喜炎黄华夏,诗茂词菁。

沁园春·福寿康宁——恭祝长兄景祥先生九十大寿(词林正韵)

初梦杭桐,续梦稠金,英俊志诚。奈刀横日寇,山重水复;业精正大,柳暗花明。缘结森林,情投树木,何惧荒山僻野行。蓦回首,数峥嵘岁月,台北金陵。　　佳期小误虚惊,缔乱世良缘恩爱情。喜儿麟俊秀,女婵娟丽;仙山柯烂,宦海林菁。巨辑垂成,名扬青史,万里蓝天鸿鹄鸣。庆九秩,比南山东海,福寿康宁。

沁园春·皎月红梅——庆贺老伴锦屏八十大寿(词林正韵)

朝夕京津,天赐良机,胸旷臆开。恰明珠美玉,无言有意;南鱼北雁,甫往还来。情动苍青,恩加庆远,缔梦春城调令催。看老伴,竟初阳白雪,皎月红梅。　　人生几度欢悲,尝百味从容面病灾。昔南陲万里,兼程昼夜;讲台三尺,际遇怀才。有口皆碑,蛩声内外,泵界名家贯耳雷。寿八秩,邀南山东海,共尽余杯!

沁园春·一醉方休——喜贺筠妹八十大寿(词林正韵)

墙外秧禾,墙内春池,皂树碧流。怎乡思缕缕,抽丝斩水;洋场幕幕,旧绪新头。淮海霓虹,衡山树影,跨步开门便历游。好一似,正年华豆蔻,无虑无忧。　　良缘意

合情投,有道是稠州悦福州。正苏南江北,堂前莺燕;运河公路,膝下龙牛。敬业潜心,勤修苦练,正果金陵乐晚秋。齐把酒,饮觥筹交错,一醉方休!

西江月·消泗花节(词林正韵)

蔡甸虽非伊甸,今期却是花期,黄花垄里啭黄鹂,消泗香飘梦里。　　博士搀扶院士,新枝作伴虬枝,马鞍山下陷沉思,千古钟俞故事。

西江月·嫦娥探月(词林正韵)

四号嫦娥落月①,同胞玉兔巡查。嫦娥玉兔不分家,共筑神州天下。　　夯实天河基地②,绽开五朵金花③。沉沉月背梦非他,敢说权威大话。

注:①四号嫦娥落月:嫦娥四号于2019年1月3日降落在月球南极艾肯特盆地冯·卡门撞击坑,成为首个在月背软着陆的月球探测器。

②天河基地:国际天文联合会(IAU)批准的落月点名字。

③五朵金花:指天河基地及其周边三个圆坑(织女、河鼓、天津)再加山峰泰山。

鹧鸪天·银燕凌空(词林正韵)

银燕凌空西复东,匆匆行色面春风。馆园谢客门罗雀,大雪纷飞恰遇冬。　　华盛顿,摆停中。西方此类惯司空。处惊不变真君子,心想事成毕大功。

注:海卫于2009年1月12日经北京赴华盛顿参加计算机国际会议,其间正值美国政府停摆,博物馆、动物园等闭门谢客。所幸国际会议照常举行。1月20日深夜回家。1月22日又飞到多伦多与家人团聚。

鹧鸪天·银燕归巢(词林正韵)

银燕归巢又奋空,穿梭岁末一匆匆。亲情多市①声声唤,日夜兼程巧借风②。　　盯屏幕,探航踪。起飞着陆了然胸。何愁异国千层雪,吹度春风自焕容。

注:①多市:即多伦多市。
②巧借风:指在上海转机近于无缝对接。

七律·典礼随感(平水韵)

为诗词提高班师生赴西塞山参加学员结业典礼而作。

西塞风光誉九州,寻诗访古两丰收。
咬文嚼字留名句,废寝忘忧遣思愁。
灿烂青春真兴发,清闲皓首有歌讴。
匠心独具游中典,结业何须论夏秋。

七律·故垒新军——次刘禹锡《西塞山怀古》韵(平水韵)

晃眼依稀过鄂州,昔知下陆杳无收。
冶钢浊雨成追忆,西塞彤云起念头。
板荡兵戎添乱世,人民将相挽狂流。
于今青老图强日,故垒新军盛典秋。

七律·潮流滚滚——纪念抗日战争胜利七十周年(平水韵)

重生浴火祭烽烟,地覆天翻七十年。
苦海无边憎日寇,甘醇有味敬先贤。
强军卫国成凡举,跨境红通出重拳。
带路①投行②呼百应,潮流滚滚史无前。

注:①带路:指"丝绸之路经济带"和"21世纪海上丝绸之路"。
②投行:亚洲基础设施投资银行。

七律·尼泊尔地震(平水韵)

2015年4月25日,尼泊尔发生里氏8.1级强烈地震,印度、孟加拉国及我国西藏都受到影响。

南邻佛国隔希山①,地震惊临遽不安。
胜迹千年遭旦夕,仁师万里掘泥垣。
驰星应急通途畅,送炭无不嘘暖寒。
佛祖②西天宜显圣,菩提树下佑乡关。

注:①希山:喜马拉雅山。②佛祖:释迦牟尼。

七律·长江时代(平水韵)

巨笔雄筹抒豪气,白云黄鹤任飞临。
大河呵护鲟豚跃,航道严防沙霸侵。
三镇蓝天飘白絮,一江清水映青林。
龟蛇从此多好梦,共赏长江时代音。

七律·琉球中土视同舟(平水韵)

琉球中土视同舟,况味遗珠竟失流。
瑰丽邮轮海上霸,巍峨宫殿梦中留。
穿行紧促三千步,升降从容十八楼。
乐道津津犹未尽,荧屏杯赛震全球。

七律·山腹奔腾(平水韵)

山腹奔腾闹伏流,苗家遥望土家楼。
动车贴地飞如愿,美酒迎宾醉更求。

公社遗踪风貌在，腾龙胜迹梦乡游。
蓝天凉雾云山谷，避暑当时好念头。

王克明(9)

七律·武汉东湖绿道（中华新韵）

鸥飞雁落礁石上，鸟叫蝉鸣大树间。
织女桥边嗔母后，离骚壁上问青天。
白鲸海象听涛内，汉赋唐诗驿站边。
绿道环合三百里，风光沉淀几千年。

七律·冬日看荷园（中华新韵）

栏杆精美黄石堰，门柱雕龙翠瓦檐。
杉树环合池水外，岸边玉砌蓬莱轩。
暖风呵护荷花艳，寒气吹袭叶柄残。
冬季归来宾客少，热情不减是荷园。

七律·大武汉（中华新韵）

地处中心唯武汉，衢通九省四方连。
纵横光缆铺天下，上下桥涵过大川。
一展宏图修院校，广招学子入科班。
星光荏苒格局变，二谷争先必领衔。

五古·雁洲索桥（中华新韵）

弯弯倒虹彩，细细美蛇腰。
巍巍两端起，悠悠空中飘。
小孩开心跳，老人牵手摇。

设计叹观止,娱乐悬索桥。

七绝·古根盆景(中华新韵)

古根凝聚千年势,锁住遒枝几百春。
看透精华伯乐少,识得表象悦游人。

七律·咏荷(中华新韵)

一池碧绿映蓝天,万点微红入眼帘。
叶子圆圆晴雨伞,花儿盏盏故宫盘。
婷姿玉立西施笑,舞影婆娑大众观。
地产天合常物外,沉鱼落雁仲伯间。

七古·护林员(中华新韵)

头发斑白戴袖章,歌声美妙伴身旁。
御寒抗暑不缺岗,护林防火担大梁。

五古·观东湖(中华新韵)

浩瀚湖水宽,灵秀磨山矮。
日高云雾开,光耀闪银海。
沙鸥水面嬉,垂柳岸边摆。
一惊冲天飞,汉街看精彩。

七绝·三大火炉武汉除名(中华新韵)

绿荫织网罩江城,炉火灼人退次名。
树下纳凉听小曲,林中漫步鸟齐鸣。

王琼珍(2)

七古·儿时的端午节(中华新韵)

祖母忙于煮粽叶,艾草香包装真情。
胸前坠网咸鸭蛋,赛擂龙舟喜气腾。

七古·春吟(中华新韵)

春染花红绿小窗,吟诗练笔莫彷徨。
逐梦书山勤有路,唐诗宋词论短长。

吴汉榆(14)

鹧鸪天(词林正韵)

为华中科技大学校史研究室口述历史《情系母校六十载》而作。

重聚瑜珈亦有期,金禧过了赞凝禧。同窗相见添银发,但识人人逾古稀。 思往事,忆贤师。坛前听课少年时。桑榆夕照仍未晚,白首初心志不移。

七绝·谢王景岚教授赠《清泉》续篇①(平水韵)

游鄂归来静养心,新篇馈我若甘霖。
华章展读思潮涌,胜似桃花潭水深。

注:①诗集中含有怀念郭老玉骅、程老良骏的诗篇,感人肺腑,读之不禁潸然泪下。续篇经网上用微信传来,武汉到香港,弹指一挥间,以前航空邮寄,非一周不可也。

七古·贺华中科技大学建校六十周年（平水韵）

六秩峥嵘岁月，师友贺寿心怡。
机械厂房虽老，华工深远根基。
建院首创保育，史馆活化功奇。
莫道旧瓶新酒，永存回忆丰碑。

七古·建筑学专业创办三十周年志庆（中华新韵）

1985年4月，接朱九思院长亲笔函，谓拟筹建建筑学系，派周卜颐、黄康宇等三教授赴港考察新建筑，嘱我接待好。我一直参与该系教育工作。今李保峰院长荣休，作诗一首以贺之。

最忆当年九思翁，建筑学系树新松。
香江校友捐输众，康宇卜颐访汇丰。
建院齐心过评审，专业芳华映日红。
保峰寿庆荣休宴，满门桃李贺春风。

鹊踏枝（词林正韵）

为宋主民学友近作《随笔往事是一种享受》写跋后填词一首，曰：

八月山城炉火酷，避暑西南遁入桐庐去，百草千花阡陌路，奔驰宝马不胜数。　　都市嚣尘终静土，幸有微波联网通天语，闲话当年多恨绪，悠悠梦蝶无寻处。

七绝·贺香港乐善堂创建25周年（平水韵）

肇赐嘉名乐善堂，经营廿五载辉煌。
中心敬老扶邻舍，体艺文康展翅翔。

七绝 · 贺张焯槐学友《诒耕书影》书法展览（平水韵）

玉润金生笔力华，诒耕书影走龙蛇。
银钩铁画楷行草，篆隶碑文技法奢。

七古 · 答多伦多学友赠寒梅照（平水韵）

北国冰封岁暮深，庭前常绿树森森。
似梅雪压挺傲骨，果红叶翠寒不侵。

七古 · 贺香港水彩大师江启明学友《香港元气》画展①（平水韵）

培正少年同桌砚，弹指一挥六十秋。
大师画石通灵性，彩笔千奇数码求②。

注：①江氏有石头大师之美称。香港大学地质、地理学系邀江氏陪同师生去万宜水库东坝实地考察、看石画石，将艺术与地质研究合二为一，这是教学与人文科学结合的一项创举。

②近年江氏专注于绘画研究和探索，领悟到宇宙万物都是由数字组成，彩色也是由数字组成。他试图把宇宙万物的数字组合通过画笔、颜料与水去表达和演绎出来。

七古 · 贺同济肖济鹏学友女儿"之子于归"而作（平水韵）

记得早年同桌砚，互学相帮情谊真。
读医习工鸿鹄志，不负初衷为济民。
胸藏千古良医案，华佗济世心存仁。
此日千金喜出阁，秉书熏香慰故人。

古风·为华中科技大学香港校友会领受永远名誉会长赋诗二首(平水韵)

一、贺梁亮胜先生

创校称先导,启明志向高。
科研攀绝顶,亮胜领风骚。

二、贺张庆华先生

深庆中华有善行,教育基金惠民情。
文化广场光梓里,华工敬我张先生。

七古·贺广州培正创校130周年(1889—2019)校庆(平水韵)

艰难岁月历沧桑,斩棘披荆建黉城。
沥血先贤培俊秀,呕心后学护嘉名。
摇篮处处传真道,学子莘莘树正声。
百卅周年迎校庆,四海同歌学有成。

七古·敬悼段正澄院士(平水韵)

犹记沪城几度秋,连番苦战不眠休。
科研二汽硬任务,曲轴连杆平衡求。
传送全凭机械手,除重端靠动力头。
可恨毒蟊杀挚友,共悼良师赋挽讴。

谢勤(10)

五律·赠别(二首,平水韵)

一

江浙随缘去,羊城若客行。
晨兴花径远,暮落晓风清。
喜舍君无住,利饶诸有情。
东南挥手处,到底意难平。

二

聚散寻常事,离歌且莫休。
同修曾致远,共事几回眸?
道阻行幽径,河殇渡小舟。
悲欣交集既,诗酒少年游。

七绝·人间志(平水韵)

三才通透痴情尽,明鉴欣题道德经。
江海何曾拂我愿?十方般若故人惺。

七律·夜读《道德经》(中华新韵)

静夜书谋智慧明,晨曦欲曙知行经。
州官共话山川美,百姓独期水月清。
陋室半间蜗几载,宏图万里望诸卿。
莫疑海内民难顺,贤圣无为物自兴。

七古·题五四精神（中华新韵）

斟酌宇内汤汤势，泛海通习浩浩知。
壮士头颅抛暗所，巾帼热血荐光时。
伦常义旧笃独秀，德赛魂新试适之。
纵历千秋君既往，泽邦天下我当执。

七古·黄鹤楼浩叹（中华新韵）

长江滚滚逝如烟，首义余音忆苦咸。
文杰何须吟八斗，武昌自是酒一篇。
山河目阔倏千里，英烈容观竟百年。
玉笛悠悠枪惨烈，逸仙由是胜谪仙。

七古·咏反腐倡廉（中华新韵）

恋恋江湖遍鬼兄，黄粱绣枕汝贤逢。
青词宰相前朝鹜，红色牧师此处风。
几度鞠躬朱氏俊，一心忧乐范家翁。
殷勤共赴升平世，百姓咸书国大同。

江城子·静夜思（词林正韵）

　　三年羁旅路茫茫，愿非常，意彷徨，诗酒荒芜，壮景诉黄粱。恍忆当年豪迈处，诗满座，友同窗。　　红尘客栈遍风霜，李桃僵，幸榆桑，一笑相逢，情与义深藏。江湖几多名利客，虽笑我，却成殇。

七古·忆金庸（中华新韵）

香江北望储辕门，不辍笔耕竟等身。
飞雪连天射白鹿，笑书神侠倚碧云。
浮生一场江湖梦，情义三杯杏酒村。
此去经年何所忆？侠之大者动人魂。

七律·纪念周恩来同志逝世44周年（平水韵）

君行四十四年前，往事悠悠岂若烟？
矢愿读书纾国运，抱朴革命扭坤乾。
丹心猛举公仆帜，巧智绵扬霸主鞭。
怒海泱泱魂此去，棠花犹放故园前。

许永年(20)

七绝·国庆七十周年（平水韵）

东方赤县是吾家，处处阳光处处花。
七秩辉煌彤四海，世人翘指赞中华。

随华科老协太极队到文华学院赏枫赋韵三首

五绝·一（平水韵）

景色文华美，金风丹叶飞。
红枫招客醉，梦幻不思归。

七古·二（平水韵）

红枫如火照晴空，股股红流涌院中。
层林尽染楼增色，千枝万树点点红。

七古·三（中华新韵）

霜日蔚兰万里晴，队旗红枫相映红。
金龙拳扇太极舞，舞动丹风树树彤。

七绝·观白玉兰（中华新韵）

叠叠层云挂碧空，盈盈嫩蕾露华浓。
满园春色群芳艳，戏引金蜂吻玉容。

七绝·游东湖樱花园——与太极队友同游感怀（中华新韵）

仲春丽日秀湖边，花舞樱枝情满园。
游客赏花花弄影，风光缱绻享华年。

七绝·游东湖磨山绿道——数次与家人同游有感（中华新韵）

湖光山色美婵娟，景点如珠散玉盘。
绿道工人牵彩练，瑶台恍若到人间。

五古·思梦（中华新韵）

复兴华夏愿，沧海济云帆。
况属东风劲，巍巍国梦圆。

七古·客至（平水韵）

元日年年翠鸟喳，外甥来拜乐无涯。
昔无靓服两三位，今有私车六七家。

幼稚应怜餐色素，成年当惜沐光华。
亲情五代珍难断，六秩绵长实可嘉。

七古·立夏（中华新韵）

四时节序暗相催，春姑今岁不思回。
立夏已过若干日，犹有轻风细雨微。
撒落众花徘徊去，尚留石榴一花辉。
青山绿水迎暑夏，且赠樱①笋饯君②归。

注：①樱：樱桃。②君：春天。

古风·庆抗战胜利七十载，忆幼年所见日军暴行感怀（中华新韵）

战魔起东洋，犯我似虎狼。
贼蹄躁武汉，江夏遭祸殃。
寻常狂扫射，村伯把命丧。
牲畜乱屠宰，皮骨丢一旁。
妇媛被追逐，屈辱怒穹苍。
扒墙筑据点，外婆村毁光。
抓人作苦力，老舅死痨伤。
捕杀革命者，惨戮我忠良。
血史一桩桩，家仇国恨长。
国耻诚可鉴，岂容祸重殃。
神社幽未灭，野心要提防。
力捍二战果，世界共弘扬。

菩萨蛮·纪念抗战胜利 70 周年感赋（中华新韵）

千山万壑江河水，中间多少华人泪。倭寇犯神州，可怜无尽仇。　　国强民自立，昂首复兴启。但警鬼还魂，同心防敌侵。

七绝·天耀中华（中华新韵）

天彤赤县总留春，耀眼辉煌举世欣。
中国梦宏瀛四海，华章一曲颂鹏鲲。

鹧鸪天·中国共产党九十华诞感赋（中华新韵）

九秩沧桑主义彤，志高豪气贯长虹。追梦剑指三山倒，呕血魂牵四海荣。　　民乃本，党为公。中华崛起似蛟龙。兴邦防蠹民生旺，恪守初衷向大同。

七绝·喜见嫦娥三号携玉兔号奔月（平水韵）

神舟曾秀吻天宫，又见兔娥登月宫。
探测重霄频出箭，中华英杰傲苍穹。

七古·太极抒怀两首（中华新韵）

一

银光出鞘舞山河，赶月追风太极波。
指点星辰人未老，乐吟心诵万年歌。

二

红日喷薄始晓东,霓裳披挂舞青锋。
乾坤拳点呈新意,沧海剑游潜巨龙。
腾跃烟霞撷天果,吐吞寰宇啸长空。
古稀心系中国梦,华夏复兴竞昌隆。

排律·游东湖落雁岛(中华新韵)

落雁欣迎天下客,婀娜杨柳意依依。
微风拂爽浮桥醉,金桂留香丽日低。
芦荻多蓬遮古渡,丛林几处显沉堤。
杉高雁落栖佳偶,水绿凫飘涤彩衣。
切望还原生态貌,游人期享一珍奇。

七古·春游天兴洲大桥(中华新韵)

天兴人道大瓜洲,今日登桥一眼收。
点点舟船桥下驶,台台车辆道中流。
朝日煦照三江水,晚霞艳撒两岸楼。
高铁公路今又是,此桥更比昔桥优。

七绝·游海南分界洲岛(平水韵)

跨海登游分界洲,如梭小艇浪中鸥。
俏妍秀女观穹卧,风雨阴晴一眼收。

杨国清(18)

七律·题黄鹤楼搁笔亭(中华新韵)

一经东壁题诗句,便有西厢搁笔亭①。
自此西厢空了了,从兹东壁冷清清。
凤凰台上浮云怨②,鹦鹉洲头乡关情③。
莫谓闲愁非憾事,楼空鹤去总仃伶。

注:①李白游黄鹤楼欲在西厢赋诗,忽见东壁崔颢题诗,叹道:"眼前有景道不得,崔颢题诗在上头。"于是搁笔,故称。
②李白后作《登金陵凤凰台》诗,有句:"总为浮云能蔽日,长安不见使人愁。"
③崔颢《黄鹤楼》有句:"日暮乡关何处是?烟波江上使人愁。"

七律·端午舟游东湖并怀屈子(平水韵)

东湖烟雨莽苍苍,山色朦胧景物茫。
绿道逶迤龙戏水,碧波荡漾我平伤。
楚河浞浞襄河①远,湖水泱泱汨水凉。
昂首行吟犹未已,悲风万古续骚章。

注:①襄河:指汉水。

西江月·过东二舍(词林正韵)

窗槛飞檐依旧,梧桐细柳已迁。高楼林立矮其间,诉说沧桑巨变。　　回首五十岁月①,几番驻足留连。忆中仍是少时年,舍北舍南忽见。

注:①余读书时曾在此处住五年,至今已五十余载。

七律·题重庆涪陵白鹤梁①(中华新韵)

白鹤梁前忆鹤飞,白鹤此去不思归。
大江淹没当年岸,博馆存封远古碑。
留墨留诗名不朽,镌鱼镌字石难颓。
中华处处文明物,总总林林熠熠辉。

注:①白鹤梁位于重庆市涪陵长江段,因在长江枯水季节有巨石露出,成为白鹤觅食栖息之地,故而得名。一千多年来历代诗人、水文家、官绅在石上题诗、镌鱼、刻字,成了长江水位的天然记录,水文资料十分珍贵。建三峡大坝时,为了不使这一珍贵文物永久淹没,国家建了白鹤梁水下博物馆,现为著名旅游景点。

沁园春·大阅兵有感(中华新韵)

十里长街,气壮山河,威震八荒。敬老兵先士,危亡拯救;新人后辈,使命担当。艰苦卓绝,七十岁月,地覆天翻沧变桑。金汤固,把长城据守,岂畏强梁! 堂堂礼义之邦。敢承诺强盛无扩张。倡双赢互利,共同发展;命犹一体,或与存亡。不惧强权,不欺弱小,独树一旌独领航。征程远,数华年二百,圆梦兴昌。

七律·油菜花赋(中华新韵)

未入花丛已断魂,无边无际尽黄金。
轻姿曼舞撩人眼,雅气幽香沁肺心。
蝶侣纷来情笃笃,蜂娘云聚意勤勤。
何言以报频繁顾,结子还酬授子恩。

西江月·别故乡亲人（词林正韵）

年货积积攒攒,归期细细盘盘。奈何假日行将完,唯恐游子走远。　　呜咽小轮再慢,莫激舷浪潺潺①。此音最是促人还,愁绪悠悠不断。

注：①在竟陵乘天门河的小轮船到汉口,沿途停靠,须用15小时。

卜算子·记改革开放四十周年（词林正韵）

一九七八春,改革初开放。甘雨今逢久旱时,万类生机旺。　　才始四十年,树大根深壮。任尔腥风血雨狂,我志参天向。

沁园春·国庆七十年（词林正韵）

锤子镰刀,奋起工农,改地换天。喜农村景象,莺歌燕舞；都城面貌,物畅人欢。造就多星,功成两弹,北斗天宫探海船。欣然事,赖伟人指引,更有群贤。　　前人未惧攻坚。启后辈殷殷莫畏难。倡政经改制,科学发展；国门开放,贸易昌繁。拒抗强权,帮扶弱小,谱写恭同命运篇。中兴日,共环球把酒,相庆腾欢！

七绝·红叶（中华新韵）

曾经稚绿同春早,今见殷红与血深。
莫道霜秋心已老,一腔挚热再迎春。

五绝·晨起扫叶（中华新韵）

朔风昨夜过，落木满篱隈。
抱帚何堪扫，怜根盼叶归。

蝶恋花·知音（中华新韵）

独寓桃源天地角，未许东风，花事年年老。寂寞寻春春杳杳，繁都野市无芳草。　　似有奇缘机遇巧，书画堂前，燕子双双绕。唤起相思虚缈缈，人生但恨知音少！

蝶恋花·神九飞天（中华新韵）

壮士枕戈犹待旦，"点火"一呼，直奔空间站。闻讯嫦娥歌舞婉，吴刚捧酒金樽满。　　同为飞天①织梦幻，老传新篇，故事皆烂漫。莫到相逢嗔恨晚，天宫更比蟾宫暖②。

注：①飞天：指嫦娥飞天和神九飞天两个故事。

②天宫：指天宫一号空间站。苏轼有"高处不胜寒"句。

蝶恋花·荷塘雪意（中华新韵）

半顷荷塘冬景好，素裹迎春①，莫使春来扰。水榭檐前凌挂角，燕儿未见消息杳。　　塘面印留鸥鹭爪，荷杆阑干，迷却追鱼道。冰上天鹅将舞蹈②，鸿鹄不至知音少。

注：①迎春：指迎春花。

②华中科技大学东三楼南荷塘中有一对白塑天鹅，交项起舞，栩栩如生。

七律·聆郑在瀛教授论诗——怀念郑在瀛教授（中华新韵）

谈诗论教君真健,中外古今娓娓来。
景仰屈闻①期后辈,推崇李杜②饷同侪。
沉吟呕血诗方好③,咏诵愁肠情始哀④。
老耄赤诚犹未已,纵横热泪识忠怀⑤。

注:①屈闻:屈原、闻一多。
②李杜:晚唐诗人李贺、李商隐、杜牧。
③郑先生论:写诗吟到吐血方休。
④郑先生论:读书不悲不够味。
⑤郑先生咏诵诗词时情感陶醉,数度哽咽,热泪纵横,激动不已。

清平乐·咏新加坡儿宅（中华新韵）

东观天晓,西赏云林绕。婉转悠扬多啼鸟,更缀奇花芳草。　　忽觉海上仙山,分明市井人间。我欲乘风归去,别情似水流连。

五绝·赞王争艳医师（教授）①（中华新韵）

写于2012年10月6日华中科技大学60周年校庆之际。

有爱仁德望,无私小处方。
是花须争艳,是姐总流芳。

注:①王争艳医师心系病人疾苦,近30年来从不开大处方年利,以小处方治病赢得了患者的尊重和赞誉,被群众推举为全国道德模范。华中科技大学60周年校庆时被推为杰出校友,因以赞之。

浪淘沙·洒酒祭雄师——纪念抗日战争胜利70周年（中华新韵）

消灭法西斯,众志难移。卢沟晓月几轮西？一曲"大刀"犹在耳,声振国基。　　洒酒祭雄师,曾几何时。军国主义又还尸。历史岂能容篡改？铁血凝之!

袁朝晖(17)

古风·西柏坡（平水韵）

西柏坡是新中国成立前(1948年5月26日—1949年3月23日)最后一个农村指挥所。三大战役在此运筹,党的七届二中全会在此召开。西柏坡送走了旧中国最后一个冬天,新中国的曙光从这里洒向全国。1958年开始在西柏坡村原址及其附近沿河一带33个村庄兴建岗南水库。1970年冬开始,在西柏坡原址以北500米的山坡上重建家园,成为新的西柏坡村。

巍巍太行环西抱,叠嶂层峦天神造。
高高柏树满山冈,威武森严护"城堡"。
静静滹沱河东去,栉比坡倾通远道。
立马断垣举目望①,依山傍水"江南"乡。
槐花黄,梨花白,两岸麦苗稻穗香。
易守能攻地险要,最小红都②不寻常。
油灯飘忽光舞影,笔走龙蛇气扛鼎。
排兵布阵石磨上,止戈为武张罗网。
楸树疏落雾含月,嫦娥笑看飞灰灭。
一把镢头一杆枪,直指虎穴创辉煌。
历风霜,经雨雪,千城万镇唤天光。
东方已现新曙色,丽日腾龙意飞飏。

弹指一挥六十年,沧海桑田几变迁。
波光粼粼泛旧忆,和风习习诉新妍。
苍松滴翠入肺腑,渔歌正欢鹤在田。

注:①指西柏坡所在河北平山县城内有多处长城断垣与关口。

②这里只有一间不足 20 平方米的中央军委作战室,中国共产党指挥了世界上最大的人民战争。在这里,毛泽东亲自向全国各个战场发出了 197 封作战电报,指挥了 24 场战役、大小战斗 190 余次,共消灭国民党军队 200 多万人。

古风·读《黄介民遗稿选集》①(平水韵)

韶辫时慕范文正,华年更觉在施行。
堪能致用求深造,远涉东瀛听潮声。
满耳涛声返禹域,走奔奥宇集人雄。
三平高举创新亚,四联周邻倡大同。
忧乐平生梦中事,激扬温婉笔端诗。
儒文侠武仗剑气,时势铸陶一先知。

注:①本书由黄志良先生在 2011 年 6 月完成选编。

五律·借调至物理系任教后赋(平水韵)

昨炼龙泉剑①,今论电子云②。
门庭虽独立,源本却难分。
湖海侧身见,波涛满耳闻。
明朝雷雨激,草木自纷纷。

注:①龙泉剑:喻指笔者所从事的金属热处理专业教学工作。

②电子云:喻指讲授"大学物理"课程及指导"物理师资班"五人的毕业论文。

排律·谒蔡锷墓十二韵(平水韵)

肃立佳城①树,松涛诉所思。
惜乎三十四,伟矣独多奇。
甲午风雷起,家邦水火危。
砥锋还砺锷,奋翮又擎椎②。
重九③继双十,弹飞与马驰。
奇功泸纳④日,再建共和时。
为解编民苦,不言吞炭悲⑤。
虽怀留蜀意,已铸卧舆⑥衰。
尽管有其握,仍然无所持⑦。
功勋传竹帛,珪璧疗疮痍⑧。
远隔乡一泽⑨,诚斟醍满卮⑩。
中原谁是主⑪?灿烂焕新姿。

注:①佳城:喻指墓地。南朝梁沈约有"郁郁望佳城"句。

②蔡公原名艮寅,后更名锷,又曾用奋翮生笔名发表诗作。

③重九:指蔡公领导的重九起义。

④泸纳:指蔡公领导的护国战争中具有决定意义的泸纳之战。

⑤指蔡公护国战争中因患喉症,不能发音,只得以笔代口。

⑥卧舆:指蔡公1916年7月去成都就任四川督军与省长时,因病情严重是乘轿入蓉的。

⑦无所持:指蔡公狷介廉洁,死后不仅没有存款,甚至还有负债。

⑧珪璧:良玉,借指美德。疮痍:创伤,借指战争的灾祸景象。

⑨泽:本处指云梦泽,今用以指洞庭湖。

⑩醍(tí):美酒。卮(zhī):古代盛酒的器皿。

⑪蔡公《登岳麓山》诗有"环顾中原谁是主"句。

七律·咏泉州(平水韵)

双塔①擎天唤倚栏,祈风碑刻②祷平安。
泉通翠巘③临衢巷,花起红云④护寺坛。
自昔才猷谓邹鲁⑤,于今吟咏纪鸳鸾⑥。
君看宋舸⑦终文物,跨越沧瀛咫尺宽。

注:①双塔:指泉州开元寺东西镇国塔与仁寿塔。

②祈风碑刻:在泉州九日山。

③翠巘:指泉州清源山。

④花起红云:指红花,即泉州市市花刺桐花。

⑤邹鲁:指泉州人杰地灵,有海滨邹鲁之称。

⑥鸳鸾:喻指贤人。李白诗有"枳棘栖鸳鸾"句。

⑦宋舸:指泉州后渚港发掘出来的古船。

七律·为华中科技大学首届教学竞赛而作 (二首选一,平水韵)

冬至阳生春又来

峡风鼓动双流水,征雁联翩入碧霄。
破浪迎涛频上下,凌霜逐雪任逍遥。
龙盘劲节推松竹,丝缕游根是苇箫。
喜看梅兰争早发,百花次第竞妖娆。

七绝·赴同济医学院赛场(中华新韵)

一路轻车奔璧池①,薄烟如缦雨如丝。
寻芳不觉春风醉,似见奇葩正着枝。

注:①璧池:古代太学别称。此处借指同济医学院。

七绝·题谢李莉娅女士赠牡丹图(平水韵)

李莉娅君,情系绘事。自学成才,擅长姚魏。多次个展,好评贯耳。人如其画,画似前程。

谢赠天香壁上栽,此花应是北邙来。
冰姿艳质人称美,劲骨芳心不可摧。

七古·题赠董守荣、李曼云教授(中华新韵)

门相对,户相连,相待无亲疏。昔日蘸的是璧池水,传道授业解惑,体验自我。今朝浸的是端溪砚,书艺绘事康宁,再展人生。春花开,秋叶落,十五年弹指一挥间。现君乔迁,小诗一首代贺。

守白非凡知黑难,荣枯浓淡尔心安。
曼观①天地无穷尽,云里雪松依水楠。

注:①曼:延长、扩展。曼观:屈原《九章·哀郢》有句"曼余目以流观兮"。

西江月·流萤(词林正韵)

拂树浮光星坠,绕林掠影身轻。宵风秋雨暗中明,自异金波①幽境。　传语野芳成质,诗吟丹鸟②留名。高梧广叶疏枝横,隐约鸾鸟同梗。

注:①金波:借指月光。苏轼《洞仙歌·冰肌玉骨》:"金波淡,玉绳低转。"

②丹鸟:既是萤火虫的别称,又是凤凰的异名。前者唐代骆宾王《萤火赋》有"伊元功之播气,有丹鸟之赋象"句;元稹《秋夕远怀》有"丹鸟月中灭,莎鸡床下鸣"句。

浣溪沙·送孙女入幼儿园(词林正韵)

浇水滋根又铲芼①,除虫护绿壮青苗,朝晖夕露盼妖娆。　　笑声欢歌来曲径,寻芳拾翠到平郊,馨怡九畹^②满园娇。

注:①芏:指草覆地蔓延。

②九畹:兰花的别称,语出《楚辞·离骚》"余既滋兰之九畹兮"。秋瑾《兰花》诗有"九畹齐栽品独优"句。

七古·赤壁怀苏子(平水韵)

荒唐钦案寄黄州,无奈身如不系舟。
北客悠闲休问事,东坡烟雨倍增愁。
未曾消长盈亏月,卒莫沉浮来去流。
浅唱低吟过林壑,仰天长啸上层楼。

七绝·访铜绿山古矿冶遗址三首(平水韵)

该遗址位于黄石市西南的大冶市大冶湖畔。它发现于1973年,是迄今为止我国保存最完整、采铜时间最早、冶炼水平最高、规模最大的一处古铜矿遗址。1982年被列为全国重点文物保护单位,2001年被评为中国20世纪100项重大考古发现之一。

一

青铜文化五洲寻,大冶湖山传捷音。
璀璨连珠千载史,瑶编^①一部撼人心。

注:①瑶编:书籍的美称。明代郑真《题二乔观书图》诗:"粉袖春纤露笋芽,瑶编舒卷向窗纱。"

二

祭祀兵戎陈国事,采探冶铸在青铜。
鼎钟捍卫王权一,剑斧翻飞展楚风。

三

红星紫气汇洪流,兼具刚柔尚远谋。
并蓄古今崇独创,奔腾不息立前头。

七古·谒黄兴墓(中华新韵)

不作旗帜作旗杆,襄驱长毂助车行。
甘居孙后同盟会,不在黎前首义城。
文似东坡如泉涌,字擅北碑古拙雄。
高风亮节学者气,屡败屡战儒将风。
我来麓山多拜谒,婆娑掩映领巾红。

七律·大桥吟(平水韵)

我国古代已有卢沟、广济、洛阳和赵州四大名桥。1991年,中美土木工程学会授予赵州桥"国际土木工程里程碑"荣誉称号。而今河山常沐春流水,华夏频添新展台。跨水逾山的拱桥、钢架桥、斜拉桥及悬索桥,与日月辉映,显俊士英才,堪为国人骄傲,寰宇惊讶。因以七律歌之。

玉梁①飞渡似长虹,南北东西立颢穹②。
削壁钻岩春水阔,穿云破雾夕阳红。
弹琴鼓瑟夸新韵,车往人来夺化工。
映水藏山云览胜,云闲谁道古今同③。

注:①玉梁:桥的美称。晋代王嘉《拾遗记·岱舆山》有句:"北有玉梁千丈,架玄流之上。"

②颢穹:颢,白;穹,圆顶。指天。

③杜牧《题宣州开元寺水阁阁下宛溪夹溪居人》诗:"六朝文物草连空,天淡云闲今古同。"

臧春艳(3)

少年游·草原纵马（词林正韵）

雕鞍金辔任驰冲,骑势气如虹。莺飞草长,酒醇火烈,弦月挂高峰。　　平生抱负寻常事,莫许一图空。塞上牛羊,大河落日,回首太匆匆。

七律·毛主席访问苏联（中华新韵）

硝烟落定业初兴,甲胄才收遂北行。
蔬果青瓷千里赠①,礼花红场满天星。
同盟互助桃园义,大寿齐尊密友情。
合纵连横神妙策,东方屹立有谁轻？

注：① 毛主席访苏赠送苏联的礼品。

满江红·跨过鸭绿江（词林正韵）

烈烈雄风,旌旗展,昂昂斗志。别燕子①,吴钩紧佩,新硎初试。万亿军民心向党,千秋伟业擎红帜。与同袍、策马越山江,容惊世。　　拼利刃、钢火峙；悲歌起、思乡炽。纵长眠异域、保家国誓。木笔②犹沾荆庆血,板门长忆英雄事。为和平,横槊对胡狼,人称士。

注：① 燕子：指"燕太子丹"。
② 木笔：朝鲜国花为木兰花,其别称之一为"木笔"。

曾少怀(11)

七律·贺首个中国农民丰收节(平水韵)

时至秋分五谷香,欢声齐颂党中央。
重农固本赢高产,治国安民建小康。
责任承包争贡献,田畴变样换新装。
神州大庆丰收节,华夏青山绿水长!

七律·报告祖国——有感于退役军人登记(中华新韵)

深情如母唤儿郎,退役军人应声娘。
千古文明传故里,万方碧草映朝阳。
凯歌高唱三军振,众志成城万里长。
报告祖国兵俱在,随听号令护荣光!

七律·农家春(中华新韵)

小楼春至暖风柔,活水村边向畈流。
溪北溪南千树绿,房前房后百花稠。
清晨下地迎新日,傍晚归家无旧忧。
杯酒鲜蔬潇洒后,打开电视看环球。

七律·吉祥洛阳(中华新韵)

人间四月话吉祥,花盛枝繁数洛阳。
高铁飞驰黄土地,客流齐涌牡丹乡。

民安国泰千山碧,村富街华万户昌。
昔日古都容貌变,春风过后倍风光!

七绝·小女(中华新韵)

女儿岁半园中跑,学语咿呀稚气淘。
小手和泥偏不洗,却藏门后躲猫猫。

七绝·春分(平水韵)

柳枝新绿菜花黄,白李红桃满畈香。
昼夜平分天地暖,踏青正是好时光。

小重山·咏春(词林正韵)

绿染山川柳叶青,桃花红满畈,鸟儿鸣。莺飞草长物华兴。群山秀,窗外闹春耕。　　新月碧空明,暮山云外断,向前行。楚天极目发豪情。亲君子,淡定对人生。

七律·庆祝中华人民共和国成立七十周年(中华新韵)

七秩时光铸彩篇,回观沧海现桑田。
人居故里楼台起,车过山川桥洞连。
北地苍穹飞大雁,南城水绿映蓝天。
吾侪共仰新时代,国富民强奋向前!

七律·游赤壁陆水湖(中华新韵)

阳春陆水绿漫天,小岛星罗棋布间。
翠岭驾云真豪气,澄湖倒影似仙颜。

船行画里心胸旷,山退风清景近前。
异鸟珍禽随处见,诗情翻涌入新篇。

七律·无题(中华新韵)

昨日清新见翠微,朔风忽起冷如灰。
雪从碧落纷纷下,雁过平湖款款飞。
世上因矛才有盾,人间先是后生非。
寒凉温热循环往,春暖花开又几回。

七律·苦荞(中华新韵)

天生质朴救灾年,不用施肥长在田。
苗壮鲜红禾茂盛,花繁洁白盖山川。
从来黍稷实珍爱,自古荞菽可供餐。
入口性寒能壮体,苦甜总是紧相连。

曾佐勋(11)

七绝(平水韵)

庆贺我国首位女宇航员刘洋参与的神舟九号与天宫一号对接成功。

玉女飞天入太空,欢呼雀跃九州同。
嫦娥应妒林州妹,一吻天神赛月宫。

满庭芳·东湖牡丹园(词林正韵)

时值己亥暮春。

黄鹤西飞,行吟泽畔,园林再奏华章。参差林木,偶尔现池塘。石刻诗词传说,流连在,曲径回廊。寒梅歇,晚樱陪伴,尽魏紫姚黄。　　雍容兼华贵,万千仪态,秀雅端庄。漫权贵,声名震撼咸阳。欣喜乔迁南国,更沐浴,蚕月柔阳。蜂飞处,酒酣国色,红袖染天香。

七绝·己亥春日游东湖磨山樱花园(中华新韵)

大唐遗物誉东瀛,馈赠回归友谊真。
疑是赵昌挥妙笔,春风吹雪落湖滨。

七绝·己亥端午中国地质大学荷韵池即景(中华新韵)

阳光雨露占先机,竞艳池塘乐不疲。
天地精华随处有,树丛独放亦成蹊。

五绝·地质大学艺媒学院即景(平水韵)

时值己亥暮春。

蒲葵裹织鳞,红叶紫云茵。
何必循蜂蝶,校园处处春。

七绝·勤劳小蜜蜂(平水韵)

云蔓开放几多时,绿柳红桃两不知。
早有春风传信息,嗡嗡振翅抢花期。

七绝·新编舞步"藏家吉特巴"（中华新韵）

燕园新近现奇葩,新创藏家吉特巴。
此舞只应天上有,何人传播到凡家？

卜算子·恭贺导师杨巍然教授八十大寿（中华新韵）

时值壬辰菊月。

迈步出潇湘,踏遍山和谷。厘定亚欧演化时,忘却攀登苦。　　"开合"创新言,地震热能储。指点全球七大峰,坐定昌平府。

浪淘沙·爱女田田的大学（中华新韵）

为爱女田田23岁生日而作,记录她在加州大学圣地亚哥校区的大学生活。

银燕落加南,学海扬帆。科研助教两肩担,口语兼当涡论铁①,文体休闲。　　论著上高坛,大奖频繁。提前毕业聘三藩,各校伸来枝橄榄,尽属前端。

注：①涡论铁：英文"volunteer",志愿者。

水调歌头·祝贺爱女田田18岁生日（词林正韵）

不惑得娇女,犹捧掌中珠。幼来聪敏灵秀,瞧见就心舒。三月敲成乐曲,六月清除细刺,民舞七年余。黄口飞西域,留学下功夫。　　勤学习,喜游历,展宏图。奖牌总统签署,归国上新途。称冠神州年赛,操掌高中团体,名震水果湖。立下雄心志,当惊世界殊！

西江月 · 己亥正月初二陪同学访母校旧址（词林正韵）

携友重游故地,寻来满目荒芜。众人不约共唏嘘,各自万千思绪。　　遥忆新楼落定,一时不足刚需。特批独立考研居,难忘当年知遇。

张端明(20)

七古 · 贺中国共产党第十九次代表大会胜利召开（平水韵）

京邑盛装金菊节,洪钟大吕响天阙。
敢教玉凤昆仑栖,缘有金龙瑶圃苗。
万里神州着锦屏,千秋华夏展新页。
西山枫叶红于花,习习迎风歌不绝。

七律 · 示孙辈（平水韵）

欣闻三孙辈名列全美数学竞赛前茅,波士顿地区第一、二名,适逢老夫获教育部关心下一代先进工作者。盖君子之泽,三世而不斩欤？因有是律示儿孙辈,勉之。

春光滟滟鸟声稠,喻苑枇杷灿如油。
老圃护花缘有意,雏凤引吭为无忧。
文章[①]典范千秋计,家国情怀万里愁。
破浪乘风终有日,遨游银汉摘牵牛。

注：①文章：曹丕《典论》中所谓"盖文章经国之大业,不朽之盛事",此处引申为文教、科学事业。

七古·秋兴两首（平水韵）

一

几行归雁衔愁去，漠漠嫩寒携雨来。
最是人间好时节，桂香郁郁月徘徊。

二

几行归雁衔愁去，丹桂黄花①次第开。
清露洗尘无尽树，欲观明月上楼台。

注：①黄花：指菊花。《礼记·月令》："〔季秋之月〕鞠有黄华。"陆德明释文："鞠，本又作菊。"

七古·贺张良皋教授九十华诞（中华新韵）

张良皋教授是我国著名建筑大师，在业界享有盛誉。诗词歌赋，云霞满纸。雅好考古、红学，多发前人之所未见。耄耋之年传道讲学，行程数万里，盖学术界之胜事。

桂魄清秋贺张翁，童颜鹤发不凋松。
霜欺雪压琼姿洗，行雨日曛真卧龙①。

注：①大思想家顾炎武《又酬傅处士次韵二首·其二》有云："苍龙日暮还行雨，老树春深更著花。"此处傅处士指明清之际的思想家傅山。

七古·培道①君十周年忌（中华新韵）

君赴瑶台十载春，纷纷雨雪欲销魂。
可怜梅瘦解人意，岁岁年年送浅樽。

注：①郭培道，曾长期任武汉市园林和林业局局长，慷慨磊落，侠胆钢肠，仁人义士。为武汉绿化呕心沥血、鞠躬尽瘁，功莫大焉。契交莫逆，凡五十载。

七律·望富士山感怀(平水韵)

乙未初夏,余偕内人赴扶桑小憩,2015年5月7日夜宿富士山麓温泉旅店,独立伫望富士山久之,浮想联翩,吟有此篇。

独立琼楼痴望久,冰绡富士縠衫飕。
分明京阪唐风在,漫道招提①汉韵留。
壮士泪飞缘旧恨,英雄眉蹙为新忧。
何当共挽银河水,洗尽东瀛万里愁。

注:①招提:指日本奈良招提寺。

五绝·秋意二首(平水韵)

一

金风来楚末,南去雁声多。
白发搔更短,无声叶自过。

二

金风援笔墨,君子意如何。
红叶陈郊野,秋声写我歌。

七律·江上龙舟——端阳感怀(平水韵)

榴花乍吐雨粼粼,万舸竞驰吊屈平。
《哀郢》荒城存古墓,《国殇》壮士殆牺牲。①
汗青何啻尽成土,湘沅至今留恨声。
虎豹之秦今岂在?遏云江上《大风》②生!

①《哀郢》《国殇》皆为屈原的诗作。所谓"哀郢",即哀悼楚国郢都被秦国攻陷、楚怀王受辱于秦、百姓流离失所之事。《国殇》为追悼楚国阵亡士卒的挽诗。

②《大风》者,汉高祖刘邦之《大风歌》也——"大风起兮云飞

扬。威加海内兮归故乡。安得猛士兮守四方!"此处引申为楚文化之谓也。

七律·悼刘君①(平水韵)

暗雨敲窗夜难眠,此时闻叟赴黄泉。
钢花瀚海送归鸟,皎月天山醉雪莲。
浩气探珠荆和魄②,凛然高赋老潜仙③。
山枫应解人间恨,摇落纷纷舞满天。

注:①刘君:吾友刘瑞祥,1965年大学毕业后,在酒泉钢厂工作13年。其间,与时在新疆的刘玉华女士喜结良缘。

②刘君板凳坐穿30年,成功研发具有当时世界领先水平的铸造模拟分析系统——华铸CAE软件,用功之勤奋,遭遇之曲折,颇有楚人卞和探宝、献宝的况味。

③老潜仙:指陶渊明。刘君业余雅好吟韵,曾出版诗集《宽欣对夕阳》《无边望眼放秋江》,诗风恬适旷达,往往有五柳先生陶渊明的韵味。

古风·长征八十周年赞(中华新韵)

震古烁今伟业,顶天立地英雄。
六万里路征程①,八十年间殊功。
塞上风云去,浩气贯长虹。
热血洒中华,神州处处春浓。
绚烂中国梦,而今迈步从容。

注:①最新研究表明,红军三大主力长征之总征程,有六万余里。

江城子·抗洪即事①（词林正韵）

昆仑底事落大荒②？地黄黄，水苍苍。奇杰人间，请万丈缨长。收拾山河城郭固，平巨浪，伏洪汤！　　中流砥柱战威扬，撼荆江，振潇湘。黑水白山，处处凯歌昂。动地惊天降水怪，红旗舞，醉飞觞！

注：①1998年长江流域洪水泛滥。在抗洪斗争中涌现许多可歌可泣的英雄人物和感人的事迹。遂吟成《江城子》两首，此选其中一首。

②宋张元干《贺新郎·送胡邦衡待制赴新州》："底事昆仑倾砥柱，九地黄流乱注？"

五律·神仙游两首

受余友王齐剑之邀，小憩麻省Goshen深山之平湖别墅数日。王君乃纽约大学教授，以七十余高龄伴余轻舟荡漾，畅游平湖，平生快事也。

一（中华新韵）

旧雨凋零甚，知音唯剑俦？
感君珍重意，许我遂心游。
风软拂烟水，云轻弄梦舟。
庄生今若在，蝶舞认归鸥。①

二（平水韵）

故友凋零甚，新诗不忍愁。
感君云鹤意，遂我谪仙②游。
远树添苍翠，清流戏影柔。
何如邀五柳③，一醉共劳酬？

注：①此句借用"庄周梦蝶"的典故。《庄子·齐物论》："昔者

庄周梦为胡蝶,栩栩然胡蝶也,自喻适志与,不知周也。俄然觉,则蘧蘧然周也。不知周之梦为胡蝶与,胡蝶之梦为周与?周与胡蝶,则必有分矣。此之谓物化。"

②谪仙:指李白,是一位受道教思想影响颇浓的诗人。司马承祯赞其"有仙风道骨",贺知章称之为谪仙人。

③五柳:指东晋诗人陶渊明。他在自传《五柳先生传》中说:"先生不知何许人也,亦不详其姓字,宅边有五柳树,因以为号焉。"

七律·哭白超翁①周年祭(平水韵)

漫步词林七十年,谁教冥路作诗仙?
瑶池乍现洪钟韵,瑜苑真无大吕篇。
烈火曾经浩然气,初心不改上凌烟②。
娇樱又放他乡泪,瓣瓣飞英哭俊贤。

注:①白超翁,1926年生于安徽凤台。先后历任《长江日报》《人民日报》记者、编辑,华中科技大学出版社副总编、华中科技大学教授。其为瑜珈诗社创始人,诗人、战士,古道热肠,文采风流。不幸于清明节前驾返道山。余衰年流连古典诗词,盖翁鼓励奖掖也。

②凌烟:指唐代表彰功臣、绘有功臣图像的凌烟阁。

七古·王府雅集(平水韵)

咸安雅集七贤俊①,王氏高楼胜竹林②。
樽酌不闻《思旧赋》③,坐中常有大风吟④。
杨翁檀板梨园雪⑤,剑叟歌行蓬岛⑥音。
最是鲈莼⑦佳酿美,几巡好酒月西沉。

注:①七贤俊:指雅集王奇建府邸的七位老友。奇建兄府邸

坐落咸安坊前,有佳作庆贺。

②竹林:竹林七贤,指的是三国魏正始年间(240—249年),嵇康、阮籍、山涛、向秀、刘伶、王戎及阮咸七人。

③《思旧赋》:是向秀创作的一篇赋,怀念老友嵇康,抚今追昔,格调比较低沉。

④大风吟:指《大风歌》,是汉高祖刘邦平黥布还,过沛县,邀故人饮酒,酒酣高歌之诗。

⑤杨翁即杨明忠教授,席间杨演唱京剧数阕,余音袅袅。梨园指唐玄宗在梨园教演艺人的典故,即指戏剧界。

⑥蓬岛:蓬莱仙岛。

⑦鲈莼:表示思乡之情,或表示归隐之志,亦作"思鲈""思莼鲈"等。典出《世说新语》:"张季鹰(张翰)辟齐王东曹掾,在洛,见秋风起,因思吴中菰菜羹、鲈鱼脍,曰:'人生贵得适意尔,何能羁宦数千里以要名爵?'遂命驾便归。"

七律 · 赠杨翁(中华新韵)

杨老才华更绝伦,轻歌曼舞满堂芬。
分明菊苑娇娆态,哪知杏坛旧广文①。
甘露②雍容乔相国,昭关③白首伍将军。
何期江左蟾宫④客,袅袅余音半入云。

注:①菊苑指戏剧界,杏坛指教育界。明清时因称教官为"广文",亦作"广文先生"。此处广文指教育工作者。

②甘露:指京剧《甘露寺》,为一出折子戏,说的是招刘备到东吴的娶亲故事。

③昭关:指京剧《文昭关》,又名《一夜须白》,讲述的是春秋末期吴国大夫伍子胥的故事。

④江左:江东。蟾宫:嫦娥居住的宫殿。

七律·赠内[1]（平水韵）

沙鸥陌路莫相猜,池上鸳鸯风雨来。
独立终嫌池水浅,雁行始觉紫霄开。
茶粗缘尔存清气,酒淡累侬奈宝杯。
赢得儿孙家法在[2],贫寒夫妇自悠哉。

注:[1]此诗作于2018年6月18日,赠予爱妻彭芳明女士。吾妻兰心蕙质,勤劳朴实,一生劳苦,受我之累,衷心歉然。纸短情长,此诗不足以表达万一意。

[2]海内外有四个外孙和一个孙子,均全面发展,好好读书,时有佳讯传来。

七律·喻园银杏道初冬偶成（平水韵）

名园堪画如堆锦,银杏排排景色新。
日照芳林金错玉,风吟落叶幻耶真?
不须蓬岛仙山客,愿作人间逐梦人。
更是清光沉永夜,痴翁明月两逡巡。

张勇传(20)

南歌子·贺中国共产党百年华诞（词林正韵）

起事南湖夜,峥嵘正百年。初心未忘践"宣言"[1],从此中华崛起,史无前。　　舵手谋方向,波涛阻箭船。暗礁滩险几多难,矢志乘风破浪,创新天。

注:[1]"宣言":指《共产党宣言》,下同。

古风·百年历程(中华新韵)

静静南湖夜,明暗灯火船。
举起镰斧旗,宣誓践"宣言"。
取缔封建制,推倒三座山。
数载驱日寇,解放战三年。
成立新中国,天安门上宣。
思变黑与白,小康梦日圆。
建设现代化,发展全景现。
犹在新时代,科技国防先。
倡导赢共荣,守核心底线。
华夏速崛起,人间史无前。
不忘先烈志,快马更加鞭。
前路风浪急,何奈我船坚。
政举得人心,齐赞导师贤。
创新作驱动,团结争向前。
回顾峥嵘路,屈指整百年。

古风·奋蹄再向前——庆党百年华诞(平水韵)

忍辱负重旷久,烈火胸中腾燃。
率众翻身站起,挺胸昂首向前。
喜见国力昌盛,更赞时代变迁。
今交庚子丑牛,奋蹄何须扬鞭。
还祈和合以处,势好总在人贤。
先烈荣立榜样,何惧前路风险。
回首峥嵘岁月,伟业已是百年。

人月圆·建党百年(中华新韵)

赋诗明志湘江岸,更大笔疾书:直言相问,苍茫大地,谁主沉浮? 百年奋斗,风流人物,各展宏图。换天改地,中华跃起,寰宇惊殊。

七绝·落雁岛(平水韵)

景色怡人落雁岛,隔湖相望楚天台。
谁在吟波楼上赞,自然和谐雁归来。

七绝·调温(中华新韵)

江城不再火炉称,夏炎冬冷趋向平。
问由哪得如此变,库水调温三峡情。

阮郎归(中华新韵)

青年园中静无声,花杂碧草生。归来学子若蝶蜂,辨香忙不停。 来不语,去匆匆。惜时分秒争。不辞寒苦路兼程,梅绽一片红。

七古·知名校友赞(平水韵)

年富力强学有成,更怀抱负在心中。
路途坎坷全不怕,激流搏水奋力争。
瓜熟蒂落寻常事,水到渠成不贪功。
难得功成身退去,谁人不知陶朱公①。

注:①陶朱公:指范蠡。

古风·树(中华新韵)

十年易树木,百年难树人。
常遇百年树,少见百岁人。
延年戒在得,折寿缘贪心。
或可忘年岁,唯将四季分。
晴阴知冷暖,夜空辨星辰。
人老常忘事,吐故益纳新。
删繁落叶树,旷野草木深。

巫山一段云(词林正韵)

云雨遮风采,烟尘化雾霾。雄鸡一唱醉桑槐,古往继开来。　　走进新时代,祥云把路开。神州崛起赖人才,桃李待多栽。

霜天晓角(中华新韵)

天上银河,水枯时日多。只供神仙使用,还仅仅、够吃喝。　　蹉跎,年日过,水中生命茁。与进化诸君道:没有水、不能活。

霜天晓角(中华新韵)

天外文明,有无看水情。有水则生命在?没有水、命何生。　　生灵,寻太空,霍金说必逢。但问霍君何理?无所据、不为凭。

唐多令（词林正韵）

时过事难筹,反思心里留。这些天、无意登楼。过了立春吾岁至,何处去、且随舟。　　红叶满山秋,山高水自流。事在为、勤者天酬。人事终非歪理定,真知在、不须愁。

七古·诗,内容和形式（中华新韵）

唐宋诗词成经典,名诗名句广流传。
内容形式虽扩展,但有格律作羁缰。
人事观念时代变,诗教诗学盼新颜。
江山代有雄才俊,继往开来创新篇。

古风·忆登喻家山（中华新韵）

欲高怕登楼,常忆北山颠。
山高不自高,山外还有山。
顶上放眼望,难及楚天边。
长江东流去,一去不复还。
人生求索路,盈缩日渐残。
铁树花繁茂,再开是何年。
山上枫松榉,时而罩山岚。
日落余晖尽,月升风细寒。

醉花阴（中华新韵）

岁月峥嵘知冷暖,总在得失间。圣者不留名,人道弗争,若水之为善。　　顺天意矣从民愿,功倍而时半。病老难从心,尽力躬行,梦里犹思远。

如梦令(中华新韵)

山里拦河修库,旨在洪削枯补。留水在山川,致使荒山青绿。知不?知不?两岸稻禾得助。

如梦令(中华新韵)

苏武牧羊斯处,瀚海戍戎旗竖。躬允送他人,彰显帝王风度?疆土!疆土!从此辱国别属。

忆秦娥·端午粽(中华新韵)

粽香浓,角尖外露难包容。难包容,但知心善,味美其中。　　大夫屈子哀民情,爱国之策君弗从。君弗从,离骚满腹,汨水留清。

忆秦娥·教师节(中华新韵)

云浮月,朦朦似水流光泄。流光泄,润诸桃李,杜鹃啼血。　　教师节好年年越,恩师多少耕深夜。耕深夜,青丝白发,育才心切。

章望平(11)

七绝·屈子千古(中华新韵)

时空越过万千年,往事浮帘悼念篇。
楚汨难填悲怆恨,灵均千古咏怀添。

七绝·游园（平水韵）

大地春回正气升,理妆漫步陌阡行。
园林莺啭花如海,绿叶红裳分外明。

五律·练画学诗（中华新韵）

闲来笔墨研,静坐运思先。
浅碗描连线,深盘果满添。
西瓜如翡翠,杧果面羞颜。
眸视蔬花映,心花笑靥甜。

七律·仿杜甫《客至》（平水韵）

院前院后闻花语,只见蜂飞蝶自来。
堂上儿孙欣靥笑,篱边香径为君开。
遍寻超市无鲜味,自捣佳肴佐旧醅。
围坐举樽难尽兴,重阳对菊更传杯。

小重山·家乡玫瑰园（词林正韵）

桑梓之春进美园。木兰玫瑰艳,醉心田。凭栏游走水云间。花起俏,蝶恋助花鲜。　　花后忒羞妍。缤纷轻舞曳,宛如仙。手牵裙带绕花间。恐花落,难舍玉如颜。

南乡子·校园景观二首（词林正韵）

一、吉祥鸟

夏日风轻。梅园林枝翡翠盈。喜鹊声声喧跃唱。欢畅。可是吉祥如意象?

二、赏荷

夏日池塘。步履亭阶赏荷香。出水芙蓉羞掩现。回盼。舞态轻盈临水面。

清平乐·小区树上的荷花玉兰（词林正韵）

翠园兰现。满树莲花见。侍伴荷仙依依恋。凝视花纯香羡。　　晓绕小径幽清。朝迎阳气上升。悦赏花香鸟语，沾沾仙气身轻。

清平乐·路遇美人蕉（中华新韵）

邀友一见。柳曳轻拂脸。水鸟浅轻沾水面。现见粼粼波串。　　路径又遇红颜。美人蕉舞翩跹。好似燃烧火焰，流年月励言添。

清平乐·中秋观长江灯光秀感怀（词林正韵）

今夜武汉。楚韵雄风展。新版长江灯光灿。惊艳游人颂赞。　　灯秀浪漫翩跹。似游仙境云天。曼妙佳音缭绕，不知天上人间？

临江仙·国庆感怀（中华新韵）

风雨七十间瞬，母亲华诞迎生。红旗飘展鼓声声。九州环宇庆，花海笑盈盈。　　节日忆昔前事，篇篇浮动思情。太平昌盛祭先灵。初心不动撼，砥砺奋前行。

赵锦屏(5)

七律·境更高——纪念长征胜利八十周年（中华新韵）

八十年前湘闽赣，青峰翠谷闹朱毛。
围追阻截黔驴技，游击迂回壮士操。
水复山重疑断路，花明柳暗竟通桥。
征程万里今人继，不忘初心境更高。

七律·新岁元宵悼利权（中华新韵）

噩耗传来竟释然，穷医毕治究难堪。
九思慧眼识才俊，万顷蓝疆驰舰船。
异姓有凭称兄妹，同庚无意论亲缘。
光明磊落情豪爽，未展雄才悼利权。

注：利权于2019（己亥）年元宵节在上海去世，享年83岁。他原在华中工学院造船系工作，后调到湖南大学任教。

七绝·琉球行（中华新韵）

2018年6月10—15日参加星梦邮轮从广州至冲绳的海上巡游，这是一次难忘的休闲之旅，感受轻松快乐的美好时光。除海上巡游以外，还在那霸、宫古两地上岸游览、购物。邮轮巍峨瑰丽，设施先进，生活便利，犹如五星级宾馆。

一

伫立楼台搜海面，蓝穹白浪掠群鸥。
沉沉一线茫无际，兴梦琉球域外游。

二

甲板船舷游客聚,耳边粤语又潮音。
导旗引处风光秀,啧赞称奇叹巨轮。

三

尾迹湍流一路旋,海风轻抚浪斑斓。
胸怀畅豁诗情涌,那霸商街宫古蓝。

赵文采(7)

七古·颂华科引力中心科研团队(平水韵)

瑜珈山里洞深幽,引力中心几度秋。
皓首研学心不辍,蛰伏世外忘他求。
三十载利名抛却,半此生华年尽流。
继往开来推后俊,天琴计划[1]亦成谋。

注:①天琴计划:是由中山大学发起的一个科研计划,中山大学和华中科技大学旨在组建研究小组开展我国空间引力波探测计划任务的预先研究,制定我国空间引力波探测计划的实施方案和路线图,提出"天琴"空间引力波探测计划,并开展关键技术研究。

七律·2019年春贺华科梧桐雨问学中心落成（平水韵）

问道明德仁义行,达贤求智往佳方。
九思书苑修身静,千树梧桐云鬟苍。
到此无须多问路,八方四面已开张。
东华园里青蔬素,便与兄台话旧荒。

五古·2017年仲夏贺华科财务处合并办公（中华新韵）

财务如江水，涛涛流不停。
开源当磊落，花费且光明。
放管同一道，收支应并行。
节流先预算，凡事预则赢。

五古·颂华科院士崔崑（中华新韵）

瑜珈隐学叟，年岁特别高。
旧苑植凡草，白衫枯也槁。
毕生百万蓄，不念子孙遥。
奉献倾囊去，全心育李桃。

七绝·颂华科校友张小龙（中华新韵）

谁存知己音容俏，海内天涯掌握间。
龙走华工驾腾讯，手机微信到云寰。

七绝·颂袁隆平（中华新韵）

慧眼识株谋异稻，躬耕垄亩利名抛。
黎民仓满千钟粟，现代神农技艺高。

七绝·颂屠呦呦（平水韵）

野苹葱翠鹿鸣呦，蒿草长青绿晚秋。
数载呕心熬秘药，得消天下疟人忧。

郑慎德(20)

浣溪沙·国庆咏怀(词林正韵)

一

经世雄飞天地惊,风霜雪雨发春荣。神州十月望枫晴。　　临古稀年增浩气,信期颐岁更峥嵘。黎民无愧主人名。

二

浓重湘音绕太空,巨人从此立苍穹。九州一统乐圆融。　　妖雾重来何所惧,飞天潜海唱雄风。天安门上仰毛公。

浣溪沙·观荷(词林正韵)

大片青钱过雨新,圆荷泻露净无尘。塘边久立若痴神。　　日暖波纹光似泼,风来菡萏馥如薰。微躯白首忘机人。

浣溪沙·次韵悟水喜读《荼港吟圃》书怀(词林正韵)

休笑骚坛老更狂,耕云播雨集华章。悦然灯下品茶香。　　红袖行吟荟港圃,黄莺浅唱叩芸窗。樱花飞韵入诗囊。

菩萨蛮·与好友同游武汉东湖落雁岛（词林正韵）

江城五月东湖水，瑶池美酒游人醉。绿道早开怀，晚晴诗侣来。　　横空人字序，岁月匆匆去。五十五春秋，传书栖雁稠。

五绝·晨出遇园丁刈草（平水韵）

昨日种田郎，今朝茂苑忙。
操琴弄晨曲，草色溢清香。

五绝·故乡小满忆（平水韵）

暗蝉鸣翠竹，皓月度溪流。
麦穗浆初贯，迎风笑点头。

七绝·堂弟话麦收（平水韵）

烈日躬身累断腰，收场元靠两肩挑。
如今联合机收割，袋袋金珠玉粒瞧。

七绝·巴黎圣母院大火随感（平水韵）

基督文明遇火灾，世人叹息动情哀。
圆明园里留残柱，血火刀光两重陔。

七绝·帐篷（中华新韵）

窗外雷声追雨声，老夫彻夜不安宁。
梦中得句还须问，地震灾区有帐篷？

五律·迎军运会（中华新韵）

缘客清花径，倾城饰美容。
双江军乐奏，三镇会群雄。
技竞争高下，谊联交友戎。
归来黄鹤舞，鸽哨颂圆融。

五律·咏荷（平水韵）

青莲馨自守，风骨劲扶持。
尖角蜻蜓早，含苞粉蝶疑。
淤泥生洁玉，秋雨听枯辞。
色去留心苦，繁根结在兹。

五律·游鄂西女儿城（平水韵）

巴土女儿城，丹青野殿名。
狮如骄马跃，轿似旱船行。
碗摔清醑酒，图腾白虎情。
云天惹人爱，一字雁留声。

五古·初夏（中华新韵）

匆匆春去也，习习晚风凉。
红点樱桃艳，绿肥蕉叶长。
暗虫鸣草竹，明月映麻桑。
迎暑清宵梦，乡愁雨叩窗。

五律·农工愁眼（平水韵）

愁眼看云暗，石榴红自花。
天风吹断柳，淫雨梦田家。

湖静楼阴直,江平落日斜。
万家灯火夜,啼泪一栖鸦。

七律·春临黄鹤楼抒怀(平水韵)

汉上名楼杨柳苏,遥看春色焕东吴。
气吞云梦开新宇,势接潇湘绘锦图。
三镇争雄惊崛起,双江合唱更长驱。
龟蛇鸠雨醅新绿,我约青莲一醉酤。

七律·春怀(平水韵)

微躯尚健赖心宽,但觉登山到顶难。
人寄林泉望远水,梦怀桑梓仰梅兰。
心同鸿鹄飞云浪,身羡江流卷雪澜。
浩荡春风无限意,诗坛学步说邯郸。

七律·五一吟(平水韵)

四天长假兴悠悠,相约亲朋作短游。
坐看行云赏春景,立期甘露洗闲愁。
城中快递哥坚守,路上公交车驶稠。
一曲劳工歌壮起,问谁后乐与先忧。

七律·清明怀双亲(平水韵)

坟头几处起青烟,寂寞椿萱似了然。
慈母辛勤劳一世,高堂重担压双肩。
凄凄苦楚明心迹,谆谆温言响耳边。
寸草春晖忆来愧,黄泉岂会用冥钱。

七律·端午读《离骚》（孤雁格，平水韵）

汀兰迟暮诵《离骚》，香草美人忧寂寥。
芷蕙宜修芳沁沁，灵均要眇气昭昭。
龙舟击水凭棱骨，瘴目看云枉过宵。
芜秽王宫唯诺诺，几冠谔谔谏当朝。

郑文衡(20)

七律·乡村即景（中华新韵）

竹荫枫疏日影斜，君家小院近桑麻。
昕昕彩栋桃源境，楚楚村姑孝感茶。
曲水砧衣通古韵，耕犁画地熟章华。
残春自古繁心事，此地从来绚晚霞。

七绝·斜阳竹影（平水韵）

斜阳竹影写东墙，瓦碧天蓝树叶香。
马陆纷纷成对出，春天雨歇好时光。

七绝·再拾红叶（平水韵）

曾经一叶动心弦，此后无缘识艳妍。
曲径霜枫常记得，重逢已隔许多年。

沁园春·学友长沙相会(词林正韵)

一代风华,三十五年,社会栋梁。庆学园华诞,同窗回国;讲台流转,笔砚辉煌。朗诵洲头,攀登岳麓,桃李无言如往常。真情在,任风梳白发,岁月留香。　　当年情绪飞扬,踏波浪,纵千里海檣。搏人间星火,竹林清韵;人才济济,成绩洋洋。得胜班师,壮心不已,橘子洲头共太阳。感慨已,赞师生同醉,学友情长。

忆江南·乡村(词林正韵)

某公司总经理夏日按民俗于乡村办喜事,村姑献茶,印象深刻。

人情事,碧玉奉甘茶。嫩叶细芽青有味,轻纱罗袖素无瑕。日长夕阳斜。

七绝·情人节(平水韵)

一位朋友颇郁闷,原因是这一日,向没有捅破窗户纸的女朋友致以问候,引发尴尬。

北往南来遇绮罗,眉清目秀正婆娑。
鱼书脉脉已无用,错在今朝一句多。

七绝·月夜行人(平水韵)

雪地晴空映月光,千峰万岭渺苍茫。
晶莹剔透宁馨夜,脚印深深别故乡。

七绝·曲径遇蝴蝶(平水韵)

熏风鹭岛荡轻舟,彩蝶翩翩小径幽。
静日花香逢道子,疑猜阁下是庄周。

七绝·修鞋师傅寄语(平水韵)

泥痕雨迹乱纷纷,满目沧桑异气熏。
且助仙君增勇力,千山万水踏青云。

七绝·庐山清泉垂钓(平水韵)

老家在九江,游庐山的方式,可以悠然垂钓,不同于远来游客的匆匆。

　　远望香炉①石影斜,粼粼碧水映黄花。
　　通幽曲径多蝴蝶,半日垂纶得小虾。

注:①香炉:庐山香炉峰,在庐山东部。

临江仙·远行(词林正韵)

长沙送家人远行又到广安会故友。

　　灼灼骄阳斜照,初秋热浪重重。天蓝云淡见从容。远游频嘱咐,临别觉情浓。　　呼啸动车归处,还筹快旅匆匆。扶摇云上盼重逢。航班承接送,晚宴有儒风。

七绝·谒小平故里(平水韵)

往日流云不可追,氤氲紫气见禎绥。
渠江一出终归海,此地还余洗砚池。

七绝·麻竹(平水韵)

麻竹葱茏出岭南,竿粗叶阔笋犹甘。
川滇季暖多栽种,轩居不俗粽常馣。

七绝·芳邻(平水韵)

学术年会,一位代表演讲很精彩,因此有意在宴会期间坐在同一桌,以期互相认识。通报之后才知原来我们来自同一个城市、同一单位,住在同一个大院子里。

邂逅芳邻近太湖,江南盛会认村姑。
对门不见寻常事,万里相逢识绮襦。

五绝·重阳寄意(平水韵)

高峰温壮志,旷野忆雄心。
未得鏖兵意,枕戈年月深。

七绝·立冬(平水韵)

一场秋雨一场寒,至此高天冷气湍。
瑞雪黄花皆在侧,从今祝语道冬安。

浪淘沙·榕城逢堂兄(词林正韵)

2018年12月7日与堂兄相逢于福州。

兄弟又重逢。榕树葱茏。青春岁月有霓虹。漫漫年华堪忆旧,宛若春洪。　　憧憬万千重。梦想无穷。平生志趣也相同。高阁饮茶评世味,几度霞红。

七绝·腊八粥(平水韵)

阳光绿叶悟菩提,巧手纤纤益乳糜。
自此寒冬初八日,千家米豆作甘饴。

七绝·冬日谒杜甫草堂（平水韵）

屋舍幽然映旧池,芽苞硕硕满寒枝。

五湖四海游园客,默诵当年工部诗。

七绝·过惠陵（平水韵）

惠陵在成都,是汉昭烈帝刘备的陵寝。帝陵简朴,然而不减其"刘郎才气"。

三分大业可回眸,几度斜阳照土丘。

此地堪称楼百尺,千年高卧愧名流。

周荣仙（12）

七绝·学习宪法（平水韵）

与时俱进承民意,新的长征有总纲。

三大创新①成法典,核心定位不能忘。

注:①三大创新:宪法将最新的理论创新成果、制度创新成果、实践创新成果上升到国家根本法。

七古·南海阅兵（中华新韵）

一

南海雄兵亮重器,屏间观罢倍欢怡。

航母潜艇导弹舰,预警加油歼击机。

二

海上长城今铸就，三高①雄鸷创新奇。
海空立体造天网，痛击豺狼志不移。

注：①三高：指高强度、高难度、高精准度。

七绝·赞女排（平水韵）

扣拦吊防猛精准，灵活多谋慑列强。
坚韧拼争高底气，不骄不馁气昂扬。

七古·新加坡金沙酒店①（中华新韵）

一

酒店"爪"型超百仞，纵横交错美厅堂。
顶楼花苑树苍翠，无界泳池边最长。

二

悬挂平台观美景，豪华赌馆使人狂。
中西美食任君挑，吃住休闲好地方。

注：①新加坡五星级滨海湾金沙酒店，集奢侈品购物、饮食、娱乐、休闲于一体。主建筑为三座55层的摩天楼，由一个如同巨型的冲浪板横跨在三座楼顶部的空中花园串成，空中花园距离地面200多米高，占地一公顷，种植了近千株树木；拥有世界最高的无边际泳池。

七绝·新加坡金沙酒店购物中心①（平水韵）

一

运河七拐穿城过，三百商家亮也宽。
顶级品牌齐汇集，琳琅满目逗人看。

二

署名餐馆各殊色,世界佳肴吃不完。
商品全为要命价,权豪到此顿时欢。

注:①金沙娱乐城有穿越购物中心室内的人工运河,运河两侧汇集了300多家名店旺铺,世界顶级品牌之精品应有尽有。有多家国际名厨的署名餐厅和由星级大厨掌勺的特色风味馆与咖啡馆,让人遍尝世界美味。

七绝·栀子花(平水韵)

风雪摧残仍翠绿,春繁夏绽吐芬芳。
晨曦疑为霜包叶,洁白冰花馥郁香。

七绝·武汉植物园观菊展(平水韵)

秋菊万千含玉露,红黄绿白竞争妍。
清霜娇艳迎宾客,遍绕林园兴盎然。

七律·谷雨(平水韵)

谷雨收寒布谷啼,樱花落尽满沟溪。
牡丹破萼迎朝雨,笋蕨抽芽透湿泥。
屋桷朱栏归故燕,池边绿树引黄鹂。
暮春回首娇花盛,恰似神州万事齐。

七绝·扬州瘦西湖五亭桥①(平水韵)

堂皇秀丽金腰带,黄瓦白栏如卧龙。
奇特造型三五洞,各含圆月水中容。

注:①五亭桥建在瘦西湖上,好像湖的一根腰带,桥上建有五

座亭,共有十五个桥洞,洞洞相连,每到满月之夜,十五个桥洞中每洞都映着一个月亮,是赏月的绝佳去处。

周艳(13)

五绝·咏牛（中华新韵）

沃野正春耕,埋头自奋行。
一哞惊大地,转眼麦苗青。

七绝·廉政宣传画扇活动偶得（平水韵）

莲正生香碧水潺,幽兰淑气满关山①。
但摇绢扇清风起,犹寄身心绿竹间。

注：①关山：作者工作地名。

七绝·向航天英雄聂海胜致敬（平水韵）

嫦娥偷药避途遥,屈子徘徊问九霄。
终有英雄偿夙愿,不辞揽月已三朝。

七绝·秋游（平水韵）

烟水连波又一秋,寻芳择橘弄兰舟。
白头不胜银簪力,掷向人间散发游。

七绝·赏格桑花海（平水韵）

陌上花开浅浅红,清香犹自载春风。
忘情两袖生双翼,自在青山绿映中。

七绝·湖边(平水韵)

炎夏余闲也汗涔,寻幽约友抚瑶琴。
一汪碧水波方动,指上清风吹入林。

五律·春夜凭栏(平水韵)

有梦凭谁寄,推窗夜色惆。
飞红难解意,沾露更生忧。
明月三千里,清风一叶舟。
闲身随化羽,琴乐满西楼。

晴偏好·感恩母亲(词林正韵)

春风归去红颜老,堂前幸有花萱草。何般好,眉梢眼底都含笑。

菩萨蛮·东湖恺元堂琴社学琴(词林正韵)

绮窗远眺苍山寂,水烟漫漫松杉碧。弦上诉相思,春花春雨时。　　鹧鸪啼不断,芳草东湖岸,折柳插花枝,此情谁个知?

南乡子·携女游乌镇(词林正韵)

细雨飞花。小桥流水过千家。河上乌篷墙上瓦。真雅。烟柳迷蒙人入画。

桃源忆故人·养心阁观荷(词林正韵)

晓风撩发荷牵袂,玉立婷婷花媚。久别初逢又醉,回首伤心碎。　　碧波一片无情水,哪解其中滋味。唯有莲心聪慧,叶上珠如泪。

十六字令（词林正韵）

琴。长夜难眠指上吟。窗前月,静守若知音。

蝶恋花·和三秦女子诗社（词林正韵）

黄鹤楼头风细细。遥望西秦,叠翠山河丽。还梦当年斜照里。长安古道诗仙会。　　青眼频频牵楚地。共赋诗情,何以酬君意。九畹滋兰千亩蕙,酿来清酒花前醉。

周震(17)

七绝·学习十八大精神有感（中华新韵）

人民向往目标明,全面小康早建成。
继往开来齐奋进,中华民族富强兴。

七绝·东坡赤壁（平水韵）

日丽风清爽楚天,东坡赤壁感先贤。
岿然百仞江边石,两赋文成万古传。

七绝·大冶铜绿山（中华新韵）

欲考青铜文化史,须观大冶铜绿山。
时光虽越三千载,采炼工程遗址勘。

七绝·流舟（平水韵）

学海流连几度秋，小舟一叶韵风悠。
三千桃李忠家国，不改痴心到白头。

七古·汉阳油菜花节（平水韵）

油菜花开游汉阳，沃田万顷接天黄。
和风丽日使人醉，犹有春光似故乡。

七古·知音源①偶感（中华新韵）

人生贵在惜光阴，学识善行随寿增。
胸有利民兴国志，知音何处不相逢。

注：①知音源：汉阳钟子期墓。

浪淘沙·西塞山（词林正韵）

放眼大江看，宛若龙蟠。头伸冈后尾连天。"如此江山"①何处览，西塞山巅。　　闻道岸矶间，铁锁横拦②。依然晋旅越吴关。故垒登临思往事，史鉴千年。

注：①"如此江山"：指西塞山顶北望亭匾额所题"如此江山"。

②铁锁横拦：相传晋初时，吴军曾于西塞山江矶以"铁锁横江"阻挡晋军。

七古·青海湖（中华新韵）

一湖青海碧连天，千里草原镶水边。
翠岭白云迷远客，几疑仙境在人间。

古风·青藏行——乘车即兴(中华新韵)

一、青藏铁路

蓝天灿灿白云翔,草甸青青现马羊。
美景无边人眷念,车行一日越万冈。

二、拉萨—林芝公路

拉萨林芝一日间,自然风貌显车前。
蓝天碧水全程伴,绿野青山千里连。

三、陇海铁路甘肃段

昔听高原曲,今观黄土坡。
岭前芳草绿,千里大风歌。

四、陇海铁路陕西段

两山相隔恰如门,商旅古来经此行。
天险还须天作道,自然开劈似神工。

七古·游华盛顿特区(中华新韵)

蓝天碧透白云轻,国会山前绿映晴。
林肯堂中赞平等,自由墙上敬星星。

七古·飞行即景(中华新韵)

飞入蓝天追彩霞,白云朵朵美如花。
半时已越成千景,一览能观上万家。

七古·喜庆十九大（中华新韵）

人民幸福目标贞，矢志强邦时代新。
再创辉煌齐奋进，愿留清气朗乾坤。

采桑子·东湖（词林正韵）

清明时节东湖美，草木欣欣。草木欣欣，叶嫩花娇遍地春。　　纷纷细雨行吟阁，山水氤氲。山水氤氲，满目烟波浪尽闻。

七绝·庆中华人民共和国七十华诞（平水韵）

奋发图强七十年，振兴祖国梦初圆。
喜看庆典辉煌展，亿万人民再向前。

现代诗

付玲(1)

你 的 眼

眼中的那束光
照亮恬淡的笑容
太阳西沉
夜晚也不再黑暗

眼中的炽热
温暖纯洁的世界
快乐如溪水般流淌
花儿也悄然绽放

眼中的温柔
抚平坚硬的棱角
换来今世所有的
安然岁月
欢喜与寂寞

五千年的渔火
八百里的流波
万古今夕江楼月
从此都是你
流转的目光

龚国珍（10）

南湖的初心

一条普通的小船
停留在平静的南湖湖面
十几位热血男儿
让湖面掀起了波澜
点燃革命的火种
要让星火遍地燎原
宣告中国共产党的成立
要冲破旧中国的黑暗
将一切不平等的制度推翻
要带领中华民族的儿女
走向幸福光明的彼岸
这就是共产党的初心
这就是共产党的宣言

从这条船上出发
闯过了激流险滩
用思想的铁锤
敲醒沉睡的雄狮
领导工农闹革命
唤起民众千千万
用智慧的镰刀
割断旧中国的锁链

让五星红旗高高飘扬
让镰刀锤子迎风招展
这就是共产党人的宗旨
这就是共产党人的实践

百年以后的今天
难忘南湖的红船
我们从这里起航
扬起理想的风帆
不忘初心,牢记使命
开足马力沿着新的航线
实现中华民族的伟大复兴
推动历史的车轮滚滚向前
这就是历史赋予我们的使命
这就是亿万儿女的美好心愿

腊八随想

一锅腊八粥翻滚飘香
满腔的热情随之飘荡
八种食品色彩鲜明
时时散发出诱人的芬芳
洁白的大米在锅中跳跃
好似键盘奏出华丽的乐章
红枣花生黄豆各尽其能
是那跳动的音符任性疯狂
莲米连着芝麻绿豆

百合伴随米黄色的冰糖
甜甜蜜蜜浪漫游荡
锅中的食材节奏有序
锅下的炉火越烧越旺
亲手制作这美味的食品
恰似导演登场亮相
手中的铁勺成了我的指挥棒
这是一首和谐的舞曲
腊八粥成了我美丽的梦想

闻着这浓香的粥汤
我浮想联翩，思绪奔放
五谷迎着寒冷的冰霜
降临在我这圆圆的桌上
默默地舀上第一碗
祭奠已逝多年的爹娘
表达我深深的敬意
泪水已融入这腊八飘香
带着我的思念，带着我的悲伤
流向那无尽的远方
浓浓的腊八粥开始品尝
弥漫着沁人心肺的芳香
载着家人的祝福与温馨
敞开肚皮收藏这千年的粥香
过了腊八就是年
粥香揭开了新年的篇章

美好的愿景从这里启航
敞开心扉去拥抱明天的太阳

我在寻找那颗星

那是一颗闪亮的星
消失在无边的天庭
我仰望着星空寻找
不知道哪颗是您
您是交通战线的明星
在您人生的风雨历程
留下了光辉的足迹
金质奖章就是最好的证明

几大报刊有您健壮的身影
劳模会上有您爽朗的笑声
您做过的善事不计其数
被公众称为时代的好人
大年三十您坚守岗位
白雪皑皑滴水成冰
挑着无人接站的旅客行李
深深浅浅地将他送进家门

在人声鼎沸的车站大厅
一位乘车的孕妇即将临盆
来不及送往医院
旅客的安危就是您的心病

您的卧室成了产房
有经验的旅客成了医生
借助众位之力
母子平安,幸福降临

在人们的心中
您是一位慈眉善目的好人
在我的心中
您是一位伟大的父亲
您的言传身教
就是我最好的范本
尽管我无法在星空中找到您
但我知道您在用明亮的眼睛
照亮着我一路前行

喻家山的骄傲

风景秀丽的喻家山
你厚重的历史已逾亿年
你处于武汉城区的最高端
千亩校区尽收眼底
将烟波浩淼的东湖俯瞰
你苍松翠柏碧水蓝天
恰似一幅美丽的画卷
喻园因你而得名
情侣因你而缠绵
学子因你而骄傲
风景因你而留连

你见证了华中大的飞速发展
你守望着花开四季的喻园
在你温暖的怀抱里
育出了才俊万千
微信之父来自森林大学
天之骄子成为华为骨干
与国同辉 携手向前
回望喻家山
你是那么地伟岸
你承载的文化
正是千年的积淀
你矗立的身躯
就是当今伟大的杏坛

春夏之恋

春风还沉浸在柔情蜜意
深情地抚摸着大地
春雨像颗颗断线的珍珠
在河里不时地泛起涟漪
花儿还在作最后的绽放
万物还带着春天的气息
立夏怀揣着故有的模式打卡
出现在公众的日历

春天不愿就此别离
夏日与她拥抱在一起
开始了春夏之恋
百转千回,悲悲戚戚
春姑娘站在门里
满怀深情地注视着夏弟
带着对生命的憧憬
带着如雨如雾的回忆
我曾花满枝头,青翠欲滴
满目皆景,绚丽神奇
花开是缘,花落是情
缘分让我遇见了你

亲爱的夏弟
四季的轮回自然交替
我把接力棒传送给你
站在交接的门槛
与你轻轻地别离
不问过往,不问今昔
落红不是无情物
护花还须靠春泥

亲爱的春姐
我多想与你在一起
去品味诗意的红尘烟火
去品味人生的苦乐悲喜
今天长亭古道送别你

我会让荷花康乃馨继续绽放
我会把你收藏在我的记忆
让你温馨的笑容走进我的梦里

梦回童年

六月的阳光格外灿烂
六月的花朵格外耀眼
嘹亮的歌声在校园响起
红领巾飘扬在孩子的胸前

阳光下露出的张张笑脸
好似含苞的小花分外娇艳
好似出巢的小鸟稚嫩可爱
好似培育的树苗正待浇灌

笑脸是赋予内心的情感
花蕾是赋予他们的名片
小鸟是赋予他们的称谓
树苗是寄托祖国的理念

此刻泪花模糊了我的双眼
此景孙辈让我想起了童年
我出生在五十年代初期
与共和国同举红旗漫卷

我也曾被赐予"花朵"的名片
我也曾荡起双桨努力向前
解放初期百废待兴
生活给了我们太多的苦难
但仍怀着感恩的心
觉得日子过得比蜜甜

那时的天空是无比地湛蓝
抬头仰望看那南飞的大雁
那时的河水是无比地清澈
低头照见自己朴素的容颜

我在父辈的教育中长大
兢兢业业为国奉献
我在孙辈的快乐中变老
勤勤恳恳无悔无怨

七十年的心路历程
经过了时代的变迁
我已将全部的希望
寄托在孙辈的明天
愿后昆长成参天大树
让祖国的未来更加灿烂

元宵节民俗趣谈（组诗）

彩 莲 船

船儿的造型两头尖尖
五颜六色花枝招展
俊美的靓女手握船舷
艄公持桨划得甚欢
欢快的音乐伴随着舞蹈
动人的旋律伴随着美好心愿
声声祝福发自肺腑
阖家幸福健康平安

踩 高 跷

像巨人屹立在天空
显得那么地伟岸
像一条长长的巨龙
行走在繁华街道的中间
艺术形象栩栩如生
传统戏装各种打扮
时而变换步子走八字
时而劈叉惹人惊叹
时而鹞子翻身动作惊险
时而诙谐众人称赞
高跷踩出了大道一条
迎来了盛世年华朝霞满天

耍龙灯

龙灯
是千百年来吉祥的象征
独具特色的传统民俗
代代相传,延续至今
绸缎恰似华丽的龙袍
竹子恰似她的骨骼龙筋
口里衔着一颗宝贵的龙珠
灯烛万盏,蜿蜒而行
锣鼓喧天,鞭炮齐鸣
器宇轩昂的壮汉
化作龙骨龙身
舞出个四季平安
耍出个风调雨顺

舞狮子

雄狮
勇猛刚烈,百兽之王
逢凶化吉,驱邪逞强
舞狮
伴随着送暖的春风
给新年增添一道精彩的亮光
武士手拿绣球作引导
狮子起舞随鼓点欢畅
快慢轻重,配合默契

千姿百态,表演夸张
翘首葡伏,妙趣横生
憨态可掬,令人遐想
舞狮舞出了美好的向往
翻开了新年的美丽篇章

骆艳龄(2)

中华抗战颂

此为诗友会参加2015年9月18日华中科技大学老同志纪念抗日战争胜利70周年文艺汇演之集体朗诵诗。

今天是九月十八!

一九三一·九·一八,日寇侵占我东北,妄图灭我华夏。

人民受凌辱,宝藏被掠夺,沃土遭践踏。

东北义勇军,奋起抗争把敌杀。

抗日联军,苦战十四年,热血沃中华。

一九三七七月七,卢沟桥畔枪声起,

中国抗战,全面爆发!

国门进豺狼,残暴逞凶狂:

杀我同胞,毁我城乡;民族危难,国土沦丧。

中华儿女,悲愤填膺;抗日御侮,斗志昂扬。

砥柱红旗,指引团结抗战方向;

国共联合,同仇敌忾卫国保家乡。
昆仑太行,黄河长江,男女老少,士农工商,
万众一心,筑成血肉长城;全民抗战,救民族于危亡!

中华抗日,艰苦卓绝,惨烈悲壮;
中华儿女,不怕牺牲,英勇顽强。
长城抗日,勇士大刀斩日寇;
淞沪会战,将士鲜血洒疆场。
八路智勇,首战平型关;
将士用命,再胜台儿庄。
保卫武汉,浴血奋战四月余;
激战长沙,大捷于东方战场。
百团大战,八路雄师惊敌胆,
新四军、游击队、老百姓,汇成人民战争大海洋……
滇缅反攻,远征之军,打出国威;
同盟共济,正义之师,愈战愈强。
日寇途穷,丧钟敲响;
中华儿女,凯歌响彻东方主战场。
终于,在一九四五年,
中国人民打败了日本法西斯,驱逐日寇回东洋!
赢得了抗日战争的伟大胜利,
创造了世界战争史上的奇观,
捍卫了中华五千年的文明成果,
书写出民族解放的光辉篇章!
伟大的抗日战争,昭示着伟大的真理:

正义必胜！和平必胜！人民必胜！
颠扑不破，永放光芒！

今天，我们在此
缅怀抗日英烈，颂扬中华抗战，浩气贯穿苍！
警惕倭刀重举，勿忘国耻国殇！
在这新的历史起点上，让我们
铭记历史，缅怀先烈，珍爱和平，开创未来。
实现民族复兴的伟大梦想！

附中新校园行

喻岭湖边，
黉宫新园。
晨风传，
正诵劝学篇。
琅琅书声，
勃勃朝气，
学子华年。
临竹苑，
看
春雨润，
初篁长，
喜心田！

谢勤(8)

经验的证悟

蛙声和树叶在执行黑夜的指令,
应付生活的人们履约一般沉睡,
没有什么不能消解,时间——
他是一个无情的仲裁者

年轻,把理想放在左边口袋,
伸手向外抓取散落的糖果,放在右边
上了些年纪的人说:全新的生命靠辛劳的双手
不曾想,我们习惯用着右手

自信美丽的少女啊,我为你赞叹
时间和永恒和解成海上的蔚蓝诗篇
灵感俏立在智者花园的一角
借光阴沉睡的片刻,捉着文艺迷藏

迷途中收到家乡的信函
唤我在荒原上耕耘一块良田
把它呵护,叫它开花,终于丰收
七月,家人会在云门山中团聚

再不敢对时光有所欺瞒呐!
月亮照进水里,羊毛长在羊身上

且存一个许久不变之念
如法修持,功不唐捐

不偏不倚,是有缘人的久别重逢
用力珍重罢,有一次便少一次
紫微星的隐喻是呐喊与寻找
红日升起的时候,记得把所有都只留在路上

夏　　风

列车驶在黄昏的树林中
午后的草原上桃花盛开
你的别离,是我珍惜的号角
诗人敞开心扉,写下赞颂的诗篇

如果,青春是一方自营的稻田
我的田园,飞翔过你的尴尬昨天
成熟的是稻子啊,一样美丽的
有浮萍,有污泥,有风烟

亦步亦趋的轻柔足迹
似晨曦遇到朝露,芭蕉站立在雨中
忆起那份笑容,棉花糖一般酥柔香甜
一个温柔的念头——回到从前,继续有滋味的句点

成长,就是不停地告别啊
一种生活再见,另一种人生轨迹开启

远在远方的风,替人铭记
方所里的一刻安闲

赤子的心念

时光布下一个简单棋局
九宫格里埋下藏宝图
那些人生赢家呵,不虚此行
我们言说着囚徒困境,不能远离

我想听听你的故事
美丽又迷惘的年轻人
你小心翼翼把青春写在日记本
我愿意长久注视你洒脱的衣裤

修饰、浮夸、虚伪、后悔、机心
不在青春的辞海中
三百多颗闪耀的绿叶,你们被涂在透亮的夜幕上
我是小心的临摹者,怀揣隽永的信函

参天婀娜的白杨,你是来自北方的结晶
南方的雨多情
一首有关遗忘和奢侈的动听奏鸣曲
和说好的故事一起,戛然而止

缘分镌刻在飞扬的五彩光碟里
幻想是开启幽冥的钥匙

开门,反锁自己,安静陪伴
在集合的号角奏响之前

缘起在暗香一刻

大雁从过去飞来告诉我未来的讯息
我将信将疑记录在成长的日记簿里
一样是花开的季节,一样是青春的悸动
故事是时间告诉你我,成长是如此公允

把疲惫的身影藏在黑夜里
任凭冰凉的草和树,侵袭年轻的肉体
青春就是明媚的想象啊
坚信太阳,会像信仰一样坚定地照常升起

人潮人海中多少兴之所至的遇见
有时是看客,有时是主演
聪明人会借着冲动转换角色
导演出活脱脱的生命的精彩

用意念开启一幕剧情
平行世界里走散的孪生兄弟,如恒河沙砾
缘起缘灭的言说太显朴素
最是难得,见君如故

荆 棘 鸟

青春的飞鸟跃过永恒的河流上空
向信仰招个手,驭梦飞翔
告诉大自然:我不是一只荆棘鸟
我愿意长久停留在快乐无忧的枝头

谁给青春下个定义,在尴尬且鲜艳的二十多岁
有一些远方,畅想着去而不成行
有一些眷恋,诉说永恒然后转身告别
青春如朝露一般,纯洁地在迎接曙光中消散

有过对明媚阳光的追逐和向往
我们言说它,我们回忆它
我们曾成为它,我们不再是它
清风拂过山岗,明月照着大江

没有吊顶的灰旧屋舍曾是文艺的栖所
有炽热的爱恋,没有嫌弃什么
拥有梦想的日子里,生活是一碗泡面
平淡中的一种寡味,誓要闹腾出一种神奇

不去偏信什么,只相信一种质朴的直觉
机心闪耀过的地方,一定会留下阴影启示我们远离
一起被人嘲笑的光景,结晶在往后的岁月中坚不可摧
青春就是不装,就是健忘和迷惘,还有怯怯的坚守和向往

趁年轻,赶快播种梦想
哪怕时光会蒙蔽我们赖以坚强的回忆
夜里独行的蜗牛们,会遇上同路的小伙伴
说好的,要一起歌唱

平 凡 之 路

生命从来不是一条直线向前
奔跑的追寻者累了便歇会儿,而后继续向前
信念是不可与人分享的
就像彼此间不能说的秘密

每一个细微的言行背后都是一层层意识
千念万缘都在此间的红尘俗世中流转
悲伤有时,快乐有时,愤怒有时,遗忘有时
我愿多听几个灰姑娘的故事

一辆列车搭载起成百上千种平凡人生
安静向前,作家都无可奈何于这样的枯燥剧情
呼唤爱之精灵,这来自方外之物
平行没有看点,交错才是故事

我在沙滩上拾起一把闺房的钥匙
大雁飞向北方,萧索的边关收敛起顾盼柔情
夜月映照进庭前的池塘
红绡帐下童颜白发

异想沙场征战外
雅集书画,箫管琵琶
既已深知多不了几分真情实话
就别说忘了他

后青春期的残念

时间的洪洞之外的普遍虚空少人占据
这个世界的空想家有时瞥见永恒
在意义的逐求之外,不规则描绘了生活的真实
百万年前,人性已然在水母的美妙和残忍前败北

热不可耐的潮湿南边也有冰凉的下半夜
像极了那时我们的美丽缺憾
炽热的心骄阳似火
那句"对不起"把时间冻住

一时的辛酸和冰凉都是必然
否则不是真心
庆幸在如此隽永的命题上
你参与过,纯爱也附体来过

青春是一种别样的存在
以爱与迷茫为主线,串起啤酒和歌声
一幕幕言之凿凿的欢愉和散场
说好一起走下去呀

带着疲惫的面容,眼里放着光
从校门一路到离别的车站
一杯好酒洋溢在空气中
那一份拥抱并不违和

想念是一张没有寄出的明信片
无论视之如敝履,抑或珍宝
它都如此这般,在美丽心灵的空当
回忆里把曾经的地方再一遍神游

有了软肋,又有了铠甲
如信仰一般借来的莫名勇气
是一种决心,是一种言过其实
是一种生命的诚实,增长了抵御生活的能量

饶恕一副柔媚的眉眼
韧性十足的人性
心心念念的地久天长
是否永别足以嘶吼出胸臆间壮阔波澜

感官把人拴牢在这喧嚣的尘世
泪水不够冲刷欲望的腥膻
回忆久埋心底,萃成的蜜糖给予孩童分享
想着远方,把梦做完

青春情话

透着一万种香气,每一次拂过我的身旁
神意摇曳,心思迷茫
回头,只是一樽洁白立在空旷的时代中央
发动机的轰鸣支撑起都市文明的脸面

你我之间的尴尬距离
近时,我不配;远时,你太美
青春是成长田园里一茬一茬的韭菜
我年华正好,却唯有见人收割

你明镜一样的脸,透着新鲜的绿和红
如水的双瞳,讨厌;微撅起的唇,调皮
牵引思想之外的愉悦空间扩张
有幸如我,瞧见花骨朵绽开的刹那

青春,所有美好而有缺憾的堆积
是鲜香的女子,是闪亮的少年,亦如婴儿之未孩
我存着一张你的肖像
悬在我秘密花园的暖阁

唯时间能飞越沧海桑田
有限的蜉蝣于一生之界
许几个不必实现的愿望,言几句不必当真的诺言
毕竟青春散去,身心苍老——只在瞬息!

徐启智(5)

红 枫 树 下

谁说秋日凋零萧瑟
且看枫叶红彤一片
红得好似燃烧的火
把记忆中的青春点燃

看,枫树下彩色斑斓
阳光里令人眼花缭乱
好像是画家的彩笔在挥舞
描绘出枫树下明媚的春天

那是一群女人如蝶飞至
在枫林中手舞足蹈笑声连连
远看似一群少女婀娜多姿
近看是一脸皱褶托着娇嗔

微风里的枫叶轻轻飘动
喝彩人群簇拥的热闹非凡
倾听着一片欢声笑语
枫叶更是红得火热,红透了一片天

牵 牛 花

本诗荣获2018年第四届"中华情"全国诗歌散文联赛金奖。

爬满了墙头,挂着长长的翠帘
迎着朝霞随着微风舞着浪漫
张开喇叭似乎在引吭高歌
听不到声音却见喜笑开颜
不大,色彩鲜艳
招来彩蝶眷念
不香,繁多如星
托着晶莹的露珠点点
和所有的花一起
装点着春天

尽管人们拥簇着牡丹
没有谁送给它一个正眼
甚至连园丁也从不光顾
牵牛花却活得潇洒,泰若自然
给一点阳光,它就灿烂
有一点雨露,它就活鲜
不卑不亢,不娇不蛮
花开朵朵随着藤蔓牵远
在野地里轻歌曼舞
快乐地绽放着生命的每一天

雪　梅

飞旋的雪片悠悠飘然
扬扬洒洒落在红梅花间
雪白的树枝
挂满了殷红点点
像天幕闪烁的星星耀眼
又像鲜红的山楂果缀满
在丰收的秋天

洁白的雪球吻着红梅的脸
几分羞涩，几分娇妍
春天的玫瑰
没有你这般优雅、高贵
也没有雪花的拥簇与爱恋
活得没你那么潇洒浪漫
过得比你平淡

雪球把梅枝压得满满
紧紧拥抱着红梅
爱得甜蜜无限
欣赏吧，这非凡的景观
太阳一出来转瞬即逝
还想观赏吗
只能期盼明年梅更艳

小花的心意

小花也妩媚无比
在微风中摇曳着
自己的风情绮丽
那闪动的小花瓣
与大花瓣的芳姿相差无几
在春天里婆娑出独有的灵秀
还有坚强,自信自立

可小花的一生
大都匍匐在地
只配闻着泥土的气息
她多么想依偎一下大树
消除一点孤寂
仰一次头,看见天空
向太阳说一次:
请多眷顾,请多抚藉

可命里注定
她的矮小只能饱受委屈
大树浓密的枝叶铺天盖地
永远挡住小花
失去了长高的机遇
羡慕大花从来是雍荣华贵
收尽了人间的宠爱云集

可怜小花内心悲戚
可还有些对未来的期寄
当我拍照她时,她两行泪滴
激动地对我窃窃私语
有你关心我就足矣
我要学苍松与红梅的气息
明春你还来看我么
你一定要来哟
那时你看我生命鲜活得新异

音乐是个精灵

音乐是个精灵,
音乐中美妙的歌曲委婉动听。
让你从喧嚣的尘世中回归宁静。
它如温婉的手,
轻轻地抚摸你受伤的心;
如热情的人,
款款地走进你孤独的灵魂。
有时它会像天上的云,
在阳光下快乐翻滚,
闪耀着五彩缤纷;
有时它会像河里的浪花,
掀起水晶似的涟漪;
美奂美轮。

音乐是个精灵,

它是我们的朋友,
与我们相伴一生。
累了,它让你松弛;
烦了,它让你舒心;
苦了,它让你甜蜜;
醉了,它让你清醒……

你爱它,它会拥抱你紧紧。
你经营它,它会回报你丰盛。
它不会像有的人,会突然离去,
辜负了你的一片真心。
只要你对它付出真诚,
它一定让你欢乐无尽。

音乐是个精灵,
它是我们的心声。
时而,它会让你魂牵梦绕,
时而,它会让你迷恋追寻。
它的节奏让你的生活平添异彩,
它的旋律让你寒冷时倍感温馨。

音乐是个精灵,
当音乐响起的时候,
你会引吭高歌,放飞心绪;
当音乐响起的时候,
你会翩跹起舞,挥洒激情。
当音乐响起的时候,

你会忘记痛苦,分外快乐;
当音乐响起的时候,
你会忘记年龄,焕发青春。

音乐是个精灵,
没有音乐的世界,
那会是荒芜的原野,
没有风景。
没有音乐的世界,
那是聋人的生活,
寂静得令人无聊沉闷。

我爱你,音乐,热烈地爱你;
我爱你,慢慢地把你抱紧。
在十年的交往中,
我从弹钢琴到作曲,
渐渐地看到你的神韵与美丽,
渐渐地领悟你的真谛与神圣。

我爱你,音乐,爱得那么真挚;
我爱你,音乐,爱得那么深情。
因为你是一个精灵,
是我们心中的话语,
是我们灵魂的歌声;
是生命美丽的象征,
是人生快乐的永恒。

杨国清(1)

乡愁,回归之魂——怀念余光中

你走了
步履那么从容
何不急促走完
那最后一程归途

你走了
将一切收拾殆尽
却留下深深的遗憾
浓浓的人间乡愁

乡愁
凝重的情愫
在生命里沉积
在时光中回眸

少儿时的朋友
青年时的眷属
中年时的母亲
暮年时的大陆

唯有思念
无法跨越的海沟

化作了乡愁
在心头澎湃,血脉涌流

乡愁,博大的情怀
幽幽牵连着
血脉相通的宗祖
海峡隔不断
古老悠久的民族

我呼唤乡愁
两岸分离得太久太久
我渴望统一
共同承载民族复兴,家国荣辱

乡愁,回归之魂
天涯海隅的游子,总忆起
慈母泪、临别衣
寸草、春晖、雨露

"台独",不懂乡愁
他们是忘祖忘宗的
一帮野种
他们是欺里媚外的
一群狼兽

因为乡愁
才有剪不断的魂牵梦绕

因为魂牵梦绕
才有理还乱的乡愁

而今诗人
已抱着乡愁长眠
那情愫,那情怀
是否从此了了

然而我确信
你那回归之魂依然游走
从这头到那头
一程尚未走完的归途

杨希玉(5)

恩施大峡谷

其实你早就在那里
没有谁打开你的心
从前的人关心五谷丰登
六畜兴旺,还有苞谷酒的绵醇

我像一个探索者
走过巨龙腾飞的云海
想抓住一朵云或一片龙鳞
问它们在这里守卫了多少世纪

你蕴藏了绝壁,群峰的巍峨
暗沉了天坑,地缝
地下河流的秘密
扯不开天空的那一层迷雾
徐霞客也没有发现你
我觉得那是他
留给我们的惊喜

栈道绝壁

翘首望是万丈陡壁
俯瞰是万丈深渊
绝壁被拦腰楔入铁桩
听见岩石碎片的惨叫
你忍着,疗伤
宁愿用痛代替孤独的虚假矫情

你被佛责罚在此屹亿万年
浑身没有一块肉
连一棵小草也留不住

骨头上的斑斑苔藓
只是岁月刮过的陈迹
蚂蚁也没有理由爬上来
找不到一丝可啃的残屑

风雨洗刷你的裸体
刻下数不清的皱纹

太阳照着硬邦邦的面庞
冰冷的心依旧冰冷
你昂头向苍天问佛
能否给你一点人间烟火

现在人们踩着你的栈道
抚摸你的胴体，你心跳不已
帅哥美女与你同框
挥手向群峰致意
你悄悄凑上去
展示你的侠骨柔情

一 炷 香

石头
你修炼了多少年
成了一炷香的样子
大风要吹倒你纤纤细腰
直插苍穹的缕缕云烟
是你对天神的敬畏
我纯朴的心是对你的敬畏
你处屹不惊
以一颗禅心
守住你多少年的初心
如果天神庇佑你
你必庇佑我们

清　江

清澈流水激励我童年的奔跑
绿莹莹的鹅卵石留住我的梦想
暑假的每一天
我在你的怀抱与鱼儿游荡
枕着鹅卵石望着天空
也许发呆，也许突发奇想

有一天
我绝望地悲悯
黑白的泡沫把你淹没
鹅卵石被贪婪吞食
看不到蓝天在你眼中的清纯
你是我的乡愁

又有一天
你迷人的身躯进入
我燃烧的眼眸
河滩虽然瘦了
迤逦的清流唱起了童年的歌谣

一座桥变成五座桥
闪耀着土家人的睿智，精巧
蓝天湿润了你的眼眶
柔和的阳光追逐你粼粼波光
沿江而行的亲水走廊绿树成荫
邀约游客的身影

甜甜的水酿成的酒会醉倒游客
热情的江风留住游客的脚步
沉醉于你的美丽
我的乡愁飞走了
家乡的喜鹊喳喳叫

清江漂流

我的心迫不及待地钻进水中
救生衣的黄上了一叶扁舟
艄公的竹竿撑出高亢的歌声
土家小调,还是妹儿要过河

水面如镜
水里的心伸出手拉我下去
脑细胞完美地释放信号
我与河水融为一体

瘦的河道水流如瀑布
极速地飞腾伴着尖叫
记忆的密码又回到
青葱岁月的畅快淋漓

悬崖上的青苔老成了厚厚的黑
圆石上长出卖烧苞谷的小哥
粉墙黛瓦在山岚处跳跃
上岸吃了洋芋、腊肉合渣饭

吃出了家乡的味道

几十公里的漂流,意犹未尽
家乡的山,家乡的水,默默前行
风是笔,雨是墨,书写着历史
所有的遗憾,丢在回程的大巴里

张勇传(5)

喻家山下

东湖之滨,喻家山下
一块人文素质的绿地
科学技术的高塔
我们在这里成长
学在华科大

东湖之滨,喻家山下
珍藏着我们的青春记忆
放飞的梦想在这里发芽
这里有老师和师兄师妹
视如一个家,我们的家

苦

是味道也是感觉,
药苦苦口,命苦苦心。

但没有苦,甘焉存?
人生苦短,
更惜时间无价,
生命之弥珍。
想做的事还没做完,
却冬意萧杀,灯油将尽。
阴沉昏暗,
心急如焚。
自不能比的是,
老子走前留下五千言,
屈子则写出《离骚》《天问》。
但可想写首诗,
留下寸分。

春　　晚

有河南老话:
三天戏,五天年,
兹兹拉拉就过完。
再回首,
守旧岁,看春晚,
相声歌舞笑夜半。
新人多,少老脸,
提醒时代已变迁。
整了容的新星面貌相似,
老面孔的神韵已不如当年。
只有几首老歌,
温暖尘封记忆的双眼。

脚　　步

问天有几高,尚须极目张望。
大道之焉在,岂可论及短长。
潭水深千尺,不及诗人情深。
前路之多远,必以脚步丈量。

母亲父亲两节

左青龙巡海,右白虎守山。
巍巍秦岭界南北,
好大一个家,传承五千年。
母爱如河,水至善,文明之源。
父爱若山,山育林,树木参天。
盼儿女争气,有出息,
健康成长,一生平安。
父母爱,大爱无疆,
父母恩,重于大山。
儿女长大,会飞了,就自由飞吧;
父母老了,则不能像对火箭助推器,
没了能力便丢弃一边。
养育恩当终生以报,
良心安必以孝为底线。
真想说点什么,
但那只是白马过隙间的内念。

后 记

《瑜园诗选(六)》的征稿工作于 2019 年 3 月启动。因其间新冠疫情等影响,稿件未能按时收集齐备,延至今日才正式出版。古典诗词和现代诗都属于诗,是不同时代的产物,是时代的烙印,反射出文化发展的历史进程,因此在诗集中古典诗词和现代诗一并收录,总计收录了诗词曲 638 首、现代诗 37 首。其中,诗词曲作者 55 人,现代诗作者 8 人。作者中有在职与退休教职员工、莘莘学子、校友以及校外诗家。承蒙华中科技大学出版社的支持,经编委多次修改与校对,方成正本。

在本书中,分为传统诗词曲和现代诗两大类编排,并将诗词的律、绝、古风、词曲牌以及韵别都分明标注,以便阅读。诗词这样标注,看来似乎有些累赘,实则有其理由。因为现存诗韵种类较多,较古老的有平水韵、词林正韵、中原音韵和十三辙。20 世纪中叶以来,为适应时代的变迁、语音的变化,出现了一些新的诗韵,如《诗韵新编》(十八韵),中华书局出版的《中华新韵》(十四韵)、《华中韵典》(二十韵)、《中华今韵》(十五韵)、《诗词通韵》(十三部二十一韵)等。至于用何种韵就由作者自主选择了。中华诗词学会提出了"倡今知古,双轨并行"的用韵方针,大力推广新韵。但诗坛习惯是"诗宗平水,词尊词林,戏曲从十三辙"。按平水韵的诗作和按词林正韵的词作,可不标明韵类;按新韵创作的诗词,均要标明诗韵类别。这样做就不符合倡今知古的诗韵方针,本诗集采用通注的办法,以期按今日普通话新诗韵的推广应用,让诗词在新时代得到弘扬与发展。

《瑜园诗选(六)》得以出版,归功于广大作者的劳心费力和华中科技大学出版社的大力支持,在此致以衷心感谢。本诗集力求完美,减少谬误,反复校审,但由于编者水平有限,遗珠、错讹之处依然在所难免,希望同仁不吝指出,以待补正。

《瑜园诗选(六)》编委会
2024 年 6 月